小学館文庫

咎人の刻印

蒼月海里

JN019975

小学館

CONTENTS

1 切り裂きジャックとカインの邂逅 005

2 切り裂きジャックとジャンヌ・ダルクの制裁 065

3 カインと串刺し公の因縁 141

3.5 切り裂きジャックとカインの休日 217

Criminal Stigmata

1

Criminal Stigmata

切り裂きジャックとカインの邂逅

その殺人鬼の手にかけられた女性は、必ず腹を裂かれているという。

この事から、『令和の切り裂きジャック』と呼ばれ、世間を震撼《しんかん》させていた。

「『切り裂きジャック』はともかく、令和の、って要らなくない？　ダサいんだよね」

赤髪の青年が、横たわる女性に言った。

都内の繁華街である池袋の、路地の隙間での出来事であった。

夜の帳《とばり》が下りた路地裏を、大通りから漏れたネオンの光がぼんやりと照らしている。

女性の目からは光が消え、仰向《あおむ》けになった腹部は大きく切り裂かれていた。酸化して変色しつつある血だまりは、濃厚な赤い薔薇《ばら》を散らしているかのようだった。

女性から返事はない。

青年は、興味を失ったように溜息《ためいき》を吐《つ》いた。その吐息はやけに熱く、青年は自らの中の熱が冷めやらぬのを自覚する。

凶刃を振るった時の、熱に浮かされた感覚が残っている。それは眩暈《めまい》がするほどにひどく、何故《なぜ》か首筋が焼けるようであったが、青年は首を横に振って平静を取り戻した。

「やっぱり、見つからないか」

血塗《ちまみ》れのサバイバルナイフを一振りして、踵《きびす》を返す。

「愛って、何処《どこ》にあるんだろうね」

青年は、誰に言うでもなく呟《つぶや》いた。

するとその時、路地裏に音もなく人影が現れる。

「探しもの？」

目の前に現れた人影に、青年はびくっと身体《からだ》を震わせた。ナイフを握り直し、獣のような眼光で闖入者《ちんにゅうしゃ》を見やる。

そこにいたのは、まだあどけなさを残した青年だった。高校生くらいだろうか。

しかし、相手の放つ異様さに、赤髪の青年は息を呑《の》む。

ゴシック調の黒服に身を包んだ姿は夜の化身のようで、白い髪は絹糸のようであった。右目は眼帯で覆われており、左目は艶《なま》めかしいほどに赤かった。

丁度、赤髪の青年の凶刃に切り裂かれた時の、女性の鮮血のように。

「……誰？」と赤髪の青年は問う。

「御影《みかげ》」

御影と名乗った青年は、歌うような声色で答える。陶器人形のように美しい顔には、凄惨な現場に不似合いなほど穏やかな笑みが湛《たた》えられていた。

「君は？」

「……神無《かんな》」

赤髪の青年は、そう名乗った。

本名ではなくハンドルネームであったが、実際に彼が使っている名前だった。名乗ることで足がつく可能性があったにもかかわらず、神無は自然と告げてしまった。

そうさせるだけの魔力が、御影にはあった。

「神無君っていうんだ。神の存在を否定する者なのか。それとも、神に見放されていると自虐しているのか。どちらなのかな」

御影は、ナイフを手にした神無を見つめながら、憐《あわ》れむように言った。

「……どうしたいわけ？」

背後には惨殺された女性の遺体、そして、神無の手には血塗られたナイフ。殺人現場であることは明らかであった。

早く、この目撃者を消さなくては。

神無はそう思っていたものの、身体が動かなかった。御影への畏怖だけではなく、彼に興味を抱いていたからだ。

御影は、鈴を転がすような声で笑った。

「まだ、質問の答えを聞いてないよ」

「探しものをしているのかっていう話？」

「そう」

教えて、と御影は神無を見つめる。その赤い瞳は何処か蠱惑的《こわくてき》で、神無は吸い寄せられそうな錯覚に陥る。

「『愛』を、探しているんだ」

「へぇ？」

御影は、興味をそそられたように目を見開く。

「人は、誰かに対して『愛してる』って言うだろ？　でも、その愛って何処にあるのかと思って」

「それで、女の人のお腹《なか》の中を探していたんだね」

腹の中を蹂躙《じゅうりん》された女性の遺体を見て、御影は納得したように微笑《ほほえ》んだ。

「でも、見つからなかったんだ？」

「ああ」

神無は頷《うなず》いた。

「みんな、俺のことを愛してるって言ったのに。証拠を見せてくれと言うと、困った顔をするんだ」

神無は、苦笑交じりで肩を竦《すく》めた。

そんな異様な相手に、「そっか」と御影は納得したような声をあげた。

「それじゃあ、僕が今まで見た女の人達も、みんな神無君が探しものをした後だったんだ」

御影の言葉に、神無の顔から笑みが消える。

「今まで見た……？」

「うん。六本木や歌舞伎町でも、探しものをしてたでしょう？」

御影は無邪気に微笑む。

いずれも、神無が女性を解体した場所だ。目の前の青年は、神無の凶行の数々を知っていたのだ。

それでもなお、笑顔で近づく彼は何者なのか。

「……俺が、怖くないわけ？」

怪訝《けげん》な顔をした神無は、ナイフを見せつけるように問う。だが、御影は笑顔を絶やさずに首を傾《かし》げた。

「どうして？」

「君を、消しちゃうかも」

「無理だよ」

御影は断言する。

一瞬だけ、神無はムッとした。しかし、それはすぐに興味に変わった。

「どうしてそう思うの？」

傷つけられないほど臆病だと思われているのか、それとも、ターゲットが女性だけだと思っているのか、もしかして、細身の身体に似合わず、御影は凄《すさ》まじい力の持ち主なのか。

しかし、彼の答えはいずれでもなかった。

「君は、僕を気に入るから」

「は……？」

神無は、素に戻って目を丸くする。

「僕は、君が気に入ったからね。君も、僕を気に入ってくれるはずさ」

「滅茶苦茶《めちゃくちゃ》なんだけど、それ」

神無は苦笑いを浮かべる。

その時、路地裏の出口の方が、俄《にわか》に騒がしくなった。「おい、何だこの臭い」「血の臭いじゃないか？」と通行人が口々に喋《しゃべ》っている。

神無は舌打ちをした。

路地裏の出口は一つしかない。他はビルが立ち塞がっていて、人一人入れるか入れないかという隙間を抜けるしかなかった。

御影と話していたせいで、思わぬ時間を取ってしまった。それが狙いだったのかと一瞬だけ勘繰るも、御影は窮鼠《きゅうそ》となった神無に、手を差し伸べた。

「行こうか」

「どこに？」

「僕の家」

「出口、一つしかないけど？」

「大丈夫」

御影は、神無にぐいっと手を突き出す。

黒い革の手袋をはめていたが、その上からでも、彼の手が彫刻のように整っていることは明らかであった。

あまりにも、現実感のない出来事だ。

おとぎ話の世界にでも呼ばれているかのような錯覚に陥りながら、神無は、自然とその手を取った。

二人の手が重なり合う。すると、辺りはあっという間に霧に包まれ、神無は異界へと誘《いざな》われたのであった。


純白の霧はやがて夜の漆黒に染まり、二人を闇の中へと導く。

「着いたよ」

御影が立ち止まると、そこには朽ちかけた屋敷があった。

「ここ……は?」

池袋の路地裏から一転して、辺りは闇と静寂に包まれている。目の前の屋敷もまた、明かりが灯《とも》っておらず、人気《ひとけ》が無かった。

「瞬間移動?　それとも、異空間……?」

「後者の方が近いだろうね」

御影は、辺りを見回す神無に言った。

「境界は異世界に繫がっている。『遠野物語』にも、境界に迷い込んだ人が、そこにあるはずのない立派な屋敷を見たという『迷い家《が》』の話があるようにね」

「ふぅん……？」

神無は、いまいち呑み込めない表情で相槌《あいづち》を打つ。

「これは、結界を利用して境界に存在させているんだけど」

「で、この屋敷は何なわけ？」

痺《しび》れを切らしたように、神無は尋ねた。

「ここが僕の家」

「どう見ても、廃墟《はいきょ》じゃない」

苦笑する神無に、御影は「そうだね」と意味深に微笑む。彼は金属の門を軋《きし》ませながら開けて、神無を敷地内へと導いた。石畳の道を歩くと、御影が履いているブーツの硬い音が響く。

御影は、神無がついて来ているのを確認しながら、重々しい扉を開いて屋敷の中へと入った。

御影が一歩踏み込んだ瞬間、陰鬱な闇の中に、ポッと明かりが灯った。ランプがひとりでに点灯し、主である御影と客人である神無を迎える。

吹き抜けのエントランスには、豪奢《ごうしゃ》なシャンデリアがぶら下がっていた。外観は手入れをされていない屋敷であったが、足元に敷かれているカーペットは、古びているものの、埃《ほこり》一つ見当たらなかった。

「お風呂」

呆気《あっけ》に取られている神無に、御影は言った。

「は？」

「お風呂に、入ってきなよ」

御影は「バスルームはあっちにあるから」と廊下の奥を指さす。すると、神無を導くかのように、廊下の明かりが一斉についた。

「血の臭い、落としてきて。そしたら、食事にするから」

「お腹、別にすいてないけど」

「僕がすいてるんだよ」

御影は有無を言わさぬ笑みを湛え、神無を送り出す。

反論の一つでもしたい神無であったが、それよりも、今、目の前で起こっている奇妙な出来事を咀嚼《そしゃく》する方が大事だと感じた。

「あいつ……魔法使いか……？」

自分で言っておきながら、何と非現実的な響きだろうと苦笑する。

通行人に殺人現場を見られることは避けられたが、それ以上に厄介なことに巻き込まれたような気がしてしようがなかった。

夢でも見ているのかと目を擦《こす》るが、足の裏に伝わる分厚いカーペットの感触も、古びた屋敷のにおいも、現実のものだった。

廊下の明かりは、バスルームの前で途切れていた。廊下は更に続いていたが、明かりが無いため真っ暗で、その全貌は分からなかった。

バスルームに入った神無は、血なまぐさい衣服を脱ぎ捨てて、バスタブの中でシャワーを浴びる。

熱いお湯が心地よかった。神無の穢《けが》れた身体を、隅々まで清めてくれるようだった。

神無はふと、バスルームにある鏡を見やる。

鮮血のように赤い髪と、均整の取れた肢体は濡《ぬ》れ、自分のものとは思えないほど艶めかしく見えた。

神無は、美しい顔立ちの青年だった。切れ長の瞳で流し目をすれば、大抵の女性の気を惹《ひ》くことが出来た。

それと同時に、悪い遊びもしていた。花の鮮やかさに惹かれたミツバチを摑《つか》まえては、毒牙にかける悪癖を持っていた。

彼にとってそれは、探しものを見つけ出す手段の一つだった。

しかし、誰とも長続きしなかった。神無は彼女らに興味を抱き、より深く知りたいと思っていたが、底の浅いミツバチでは彼を満足させられなかった。

神無がミツバチに見切りをつける時、彼女達は決まってこう言った。

『愛している』

だから、貴方《あなた》も愛して。だから、捨てないで、と。

「じゃあ、証明してよ」

神無はポツリと呟く。

彼女達に言って来た言葉だった。彼女達を戸惑わせ、神無が凶行に走るきっかけとなった言葉だ。

そんな時、決まって不可解な熱に浮かされる。刃《やいば》を突き立てるべき場所が瞬時に分かり、反射的に手が動いていた。

熱の中心は、首筋にあった。しかし、鏡を見る限りでは何の変化も見受けられない。

今は、熱が冷めているからだろうか。

神無は、鏡に映った自分から目をそらす。

「結局、愛が何処にあるのか、誰も教えてくれなかったな」

神無の目は虚《むな》しさに満ちていた。

最早《もはや》、何人に問いかけたか覚えていない。教えてくれなかった相手に対して、興味は失《う》せていた。

「あいつは……」

御影の顔を思い出す。

「俺に、何か教えてくれるかな」

あの奇妙で不可解な存在は、自分に何を齎《もたら》すのだろう。そう考えた神無の目は、好奇心で満ち溢《あふ》れていた。

神無がバスルームから出ると、自分が着ていた血生臭くなった服の他に、新しいシャツが用意されていた。清潔な黒いシャツは、シンプルなデザインだがシルエットが美しく、神無は一目見て気に入った。

彼はそれを羽織ると、帰り道を教える明かりに従って、食堂へと向かったのであった。

食堂では、長テーブルとそれを囲むように並んだ席が神無を迎えた。

「どうぞ」と誕生日席で予《あらかじ》め待っていた御影は、向かい側の席へと神無を促す。肉料理とスープが用意されており、白い湯気が立ち上っていた。

神無は、「ふぅん」と鼻で笑うと、自分の席にある料理の皿を手に、御影のすぐそばの席へと移動する。

「そこでいいの？」と御影は問う。

「間合いに、君がいた方がいいからね」と神無は挑発的に言った。凶器のナイフは血をすっかり落とし、ジャケットの下に隠していた。

「そう」と御影は頷く。

「余裕だね。俺みたいな殺人鬼を招いておいてさ」

「君は無意味に僕を襲わないと、分かっているからね」

「見透かされているのが気に食わなくて、襲っちゃうかも」

神無の言葉に、御影はにっこりと微笑んだ。

「どうぞ」

「……本当に、調子が狂うな」

神無は肩を竦める。「頂きます」と言うと、スープを口に運んだ。

「へぇ、美味《おい》しいじゃない」

「よかった」

「誰が作ってるの？」

屋敷には、他に誰もいないように見える。何せ、気配が全くないのだ。

「僕」と御影は答える。その答えに、神無は一瞬だけ面食らう。

「料理が作れるんだ。そんな風には見えないけれど」

御影は、黒を基調としたゴシック調の衣装を身にまとっている。まるで、中世のお屋敷に住むお坊ちゃんのようで、家事には向かないと神無は思った。

「この服も、僕の手作り」

神無の心を読んだかのように、御影は言った。

「手作り、ねぇ」

なかなかに手の込んだ衣装だったので、神無は目を見張る。

「君が着ている服も」

「ふぅん……」

用意されていた着心地のいい黒いシャツ。それは、神無の身体を優しく包み込み、あまりにも馴染《なじ》んでいて、彼のために作られていると錯覚するほどだった。

「さっきの服装を見る限りだと、神無君はおしゃれ好きのようだし、色々と作ってあげようか」

「どうして、君が俺の服を作るのさ」

「だって、君はこれからこの屋敷に住むんだ。僕と一緒に」

手にしていたスプーンを落としそうになる。

神無は平静を装いながら、「は？」と聞き返した。

「君は僕と住むんだよ。この屋敷で」

御影は、笑顔で繰り返した。

「俺は、これを食べ終わったら出ていくつもりだけど」

「無理だよ。僕が気に入ったから。それに——」

「この屋敷が、そういう仕組みとか？」

御影によって屋敷に招かれたのならば、御影の許可なく屋敷の外に行けない。そう考えれば、御影の自信も納得がいく。

神無は幻想を信じるような夢見がちな性格ではなかったが、非現実的なことを目の当たりにして受け入れられないほど愚かでもなかった。

「屋敷の仕組みもあるけど」と御影は立ち上がる。

その時、神無は気づいてしまった。御影の席に、食事が用意されていないことに。

「君が、僕を気に入るからさ」

神無は思わず立ち上がり、後ずさる。だが、御影はゆっくりと歩み寄った。

神無は、じりじりと追い詰められる。ナイフの存在を忘れていなかったが、足を動かして御影から逃れるので精いっぱいだった。

やがて、壁が神無の進行を阻む。

御影は追い詰められた神無に手を伸ばし、頰《ほお》の輪郭をなぞるように撫《な》でた。

「神無君……」

御影の赤い瞳が妖しく輝く。神無は、その輝きから目が離せなかった。畏怖と、好奇心が、彼の心を捉えていた。

一体、御影は何を仕掛けてくるのか、と。

その時、御影の左頰に、うっすらと何かが浮かび上がるのに神無は気づいた。

（あれは……タトゥー……？）

太極図かと思ったが、陽《ひ》の方が欠けていた。それは蹲《うずくま》る胎児のようにも見えた。彼の瞳と同じく、妖艶に輝いて神無を惑わそうとする。

一方、御影は神無のシャツのボタンを丁寧に外し、滑らかな首筋を晒《さら》させる。ひんやりとした空気に、神無の身体が跳ねた。

そんな首筋を労《いたわ》るかのように、御影は唇をそっと這《は》わす。柔らかく瑞々《みずみず》しい唇の感触に、神無の張りつめた身体が安らいだ、その時だった。

「——っ！」

激痛が首筋に走る。一瞬、何が起こったのか理解出来なかった。

「う……あっ……」

神無の口から苦悶《くもん》の声が漏れる。首筋が熱い。生暖かい血が、晒された肌を流れていった。

噛《か》まれている。御影に、鋭利な牙を突き立てられている。

滲《にじ》んだ血は、ぬるりと舐《な》められた。獣が肉を喰《く》らうような水音を立てながら、御影が、神無の血を啜《すす》っていた。

「まさか……君は……」

吸血鬼。

そんな単語が、神無の脳裏に過《よぎ》った。

このままでは、最後の一滴まで啜られてしまう。危機感を抱いた神無は、御影を拒絶するように押し戻そうとした。

しかし、その指先が御影の胸に触れようとしたその時、神無の身体に変化が訪れた。

「……んっ……これ……は……っ」

身体の芯が熱い。ぞくぞくとした感覚が身体中を駆け巡り、神無を熱で満たしていく。

「ね？　気に入るって、言ったでしょう……？」

耳元で御影が囁《ささや》く。神無の意識は、熱の中に沈みこんだのであった。


神無は、池袋の歓楽街の路地裏にあるバーに足を運ぶことが多かった。

そこには、世間を生き辛《づら》いと感じている人間が屯《たむろ》していた。神無もまた、ＳＮＳで知り合った人物に紹介されたのであった。

照明の薄暗いバーに足を踏み入れ、カウンター席の奥へと向かうと、青白い手がぬっと神無の前に差し出された。

「クスリ」

「無いよ」

神無はその手を、これでもかというほどに強く叩いた。叩かれた人物は、「いてっ」

と声をあげて手を引っ込める。

「また凹《へこ》むことでもあったわけ？」

「お前のお祭し能力には恐れ入るよ」

叩かれた手をさすりながら答えたのは、神無よりも少し年上の男だった。無精髭《ぶしょうひげ》を生やし、青白い顔をしている男は、ケイと名乗っていた。彼は、神無にバーを紹介した人物だった。

「お察し能力とか要らないし。その様子を見たら、一目瞭然でしょ」

神無にそう言われたケイは、「うう」とか「ああ」とか呻《うめ》き声にも似た相槌を打つ。

自分のことを多く語らないケイだが、彼なりに生き辛い事情があるのだなと神無は思っていた。

「クスリはやめなよ。依存症になって、負け犬人生まっしぐらだし」

神無はケイの隣に腰かける。

「お前が持って来たクスリならいけそうな気がする」

「いや、いけないから。それに、持って来ないし」

神無はカウンター越しに、「マスター、ハッピーになるやつ作って」とカクテルを注文する。無口で武骨な身体つきのマスターは、慣れた様子でシェイカーを振り、二人分のカクテルを用意した。

淡い紅色の、桜のような色をしたカクテルだった。甘く爽やかな香りが、二人の間をすり抜けていく。

「ほら。マスターが映えるの作ってくれたから、飲んだら？」

神無はカクテルをケイに勧めてから、自分の分を携帯端末で撮影する。

「ハッシュタグどうするかな」と言いつつも、あまり悩む素振りを見せずに携帯端末を操作した。

「よし、上げた」

「『いいね！』押しておいた」と、ケイはカウンターの上に置いた携帯端末を操作しながら言った。

「いや、早いし」

神無は、次々と増える『いいね！』を眺めながらカクテルを口にする。ふわりと甘い口当たりだったが、後味にぐっと濃厚なアルコールの香りが広がった。

「まさか、フォロワー数がえぐいインフルエンサーが、こんなところで管《くだ》を巻いてるなんて、誰も思わないだろうな」

ケイはカクテルをチビチビ飲みながら呟く。

「フォロワーは、気づいたら増えてたんだよね。俺は、いいなって思った物を後で思い出せる日記みたいな気持ちで、色々とアップしてたんだけどさ」

「写真の見せ方が上手いし。あと、偶《たま》にロックなキャプションつけるのがいいんじゃないか？」

「ふーん」

　神無は、たいして興味がなさそうな顔をしていた。

　酒を口にしたせいか、ケイの顔色はほんのりと赤みが差し、失せていた血の気が戻っていた。幸福感が得られのか、微笑すら浮かんでいる。

「お前のハンドルネームも、なかなかだよな。『神無』って名前の由来、やっぱり、神様なんていないって思うような出来事があったのか？」

「いや」

　神無は、皮肉に満ちた表情で笑った。

「祈れば助けてくれる神サマなんていう存在、許容したら弱くなると思ったから」

　神無の答えに、ケイはぽかんと口を開けていた。「変なこと言った？」と神無が問うと、ケイは首を横に振る。

「いいや。お前が人を惹きつける理由って、見た目だけじゃなくてそういうところもあるのかもしれないと思ってな。強くあるために神様を否定するっていう発想、なかなか出て来ないよ」

「へぇ。褒めてもカクテル代は払わないけど」

神無は携帯端末に視線を落とす。『いいね！』の通知が追えなくなるほど来ていたので、画面をオフにしてしまった。

「モテると言えば――」

ケイは、少しだけ声のトーンを下げる。

「この前、お前に声を掛けて来た女と、どうなった？」

ケイに問われた瞬間、神無は顔をしかめた。

「何回か会ったけど、今は連絡取ってない。ブランド物の話と、俺のフォロワー数の話ばかりだったから」

声を掛けたのは女の方だった。神無は、そんな相手の心情に興味が湧いて、付き合い始めたのだ。

「ああ……。確かに、ブランド物で身を固めていたしな。イケメンのインフルエンサーと付き合ってるっていうステータスが欲しかったのか……」

ケイは困ったような顔でそう言いながら、言い難《にく》そうに続けた。

「お前は知らないみたいだから教えるけど、あの女、殺されたらしいんだ」

「えっ？」

「ニュースでやってた。顔写真が出てたから、ピンと来たよ。なんにせよ、お前が巻き込まれてなくて良かったし、心残りが無いようで良かった」

あの女のことを語る時、過去形だったし。と、ケイは言った。

「俺の方でちょっと調べたけど、あの女は他で相当なことをやってたみたいでさ。いつトラブルに巻き込まれてもおかしくなかったんだ。だから、お前がまだ関わっていたら、別れるように言おうと思ったんだけどよ……」

ケイは言葉を濁す。その矢先に、件《くだん》の女性が殺されたというニュースを見たのだという。

「いくらトラブルメーカーとはいえ、えぐい殺され方してたみたいだしさ。流石《さすが》に、可哀相《かわいそう》っていうか」

ケイは溜息を吐く。

彼の言葉の一つ一つが、神無の中で反響する。神無は、ニュースを知らなかった。しかし、彼女がどうやって殺されたのか知っていた。

「愛が……証明出来なかったから……」

「ん？」

今度は、ケイが首を傾げる番だった。

神無の右手は、覚えていた。ナイフを手にした感触を。

神無の鼻は、濃厚な血の臭いを覚えていたし、目は、鮮血に染まる女の姿を覚えていた。

「いや、何でもない……」

「お、おう」

神無は携帯端末を操作し、ケイが言っていたニュースを探す。

すると、あった。女の顔写真と、現場になった路地裏の写真も載っている。

（殺したのは俺だ）

神無の脳裏に、フラッシュバックする。

神無には、探しものがあった。近づいて来た女は、探しものを持っていると思っていたが、持っている様子はなかった。

諦めようとした神無に、女は言った。探しものを持っているという旨を。

——じゃあ、証明してみせろ。

神無は、自分の心の奥底から、もう一人の自分がそう叫んだのを聞いた。

それからは、熱に浮かされるような感覚に支配され、女を暴いて探しものをした。

女がえぐい殺され方をしたというのは、その結果だった。

衝動的なものだった。どうして、そんなことをしてしまったのか分からない。

取り返しがつかない過ちを犯してしまったと後悔する自分と、探しものをしなくてはと焦る自分もいた。

首筋が、チリッと痛む。そう言えば、女に凶刃を向けた時も、首筋に違和感があったっけ。

「それが無いと生きていけないっていう状況、しんどいよな」

ケイがポツリと言った。

「神無の言う通り、クスリはやめるよ。っていうか、まだやってないけど。依存症になっちまったら、何が何でも欲しくなるだろ？　そしたら、手段を選ばなくなりそうでさ」

「そう、だね……」

神無は頷く。

何が何でも欲しいものは、手段を選んでいられない。

探しものを思い出した神無は、探しものへの渇望が酷《ひど》くなっていた。

何としてでも、探しものを――『愛』を見つけなくては。

目が覚めると、ベッドの上であった。

「うっ……ここは……」

「君の部屋」

ベッドの端に、御影が腰掛けていた。

神無は上体を起こすと身構える。身体中がけだるい。それなのに、頭だけはやけにスッキリしていた。

「吸血鬼、だったんだ」

「美味しかったよ」

御影は否定することなく、自らの紅《あか》い唇をぺろりと舐める。神無が首筋に触れると、ガーゼが丁寧に張り付けられていた。

「僕としたことが、夢中になり過ぎてね。ちょっと痛そうなことになっていたから、手当てをしておいたよ」

すまなかったね、と御影は微笑む。

「……俺も、吸血鬼に？」

吸血鬼に噛まれた人間も、吸血鬼になってしまう。そんな話を、何処かで聞いたことがあった。

だが、御影は首を横に振る。

「君は君のままだよ。僕は、伝承の吸血鬼とは違うし」

御影は、赤い瞳を神無に向けて微笑む。

「それに、神無君はこっち側だったじゃない」

「そっち……側？」

神無には、御影が何を言っているのか分からなかった。御影はベッドの上に乗ると、そんな神無に詰め寄った。

「何故、君が今まで捕まらなかったか分かる？」

「それは……」

神無は、疑問に思っていたことがあった。

神無の犯行は衝動的だった。現場を立ち去るのが早いとはいえ、下準備もなしに足がつかないのはおかしいと思っていた。

「それに、あまりにも手際が良すぎる。訓練をしたわけではないでしょう？」

被害者が抵抗する隙も、恐怖する間もなく、沈黙させて来たことを思い出す。神無には何故か、何処に刃を突き立てるべきか分かっていたのだ。

「どうして……？」

御影は、その答えを提示する。

「それは、君に何らかの異能が働いていたからだよ」

「異……能……？」

「君は愛を探すために、他人の命を奪った。それによって、君は人の道を外れてしまったのさ。外道に堕《お》ち、『咎人《トガビト》』になったということだね」

「咎人に……」

理解が追い付かない。神無は、オウム返しに問うことしか出来なかった。

「君は、僕の聖痕《スティグマ》を見たでしょう？」

御影は、自らの左頬を指し示す。

「あの、タトゥーみたいなやつ……？」

「ふふっ、入れ墨とは言い得て妙だね。あれこそ、咎人になった証《あかし》にして、人ならざる者の証。君は、感じたことないかい？　熱に浮かされるような感覚と、抗《あらが》い難《がた》い衝動を……」

神無には、身に覚えがあった。凶刃を振るう前に、首筋がひどく熱くなるのを。丁度、御影に牙を突き立てられた場所の近くが疼《うず》くのを。

「ふふっ、心当たりがあるという顔だね」

御影の美しい指先が、神無の首筋のガーゼに触れる。

だが、次の瞬間、その人指し指でガーゼの上から爪を立てた。

「くうっ……」

神無は、苦悶の表情を浮かべる。そんな神無の顎を引っ摑むと、御影は部屋にかけられた鏡を顎で指す。

「ご覧」

「あ……」

神無の筋張った首筋に、見たことのないような紋章が浮かんでいる。それは御影の頰に浮かんでいたものに似ているが、欠けた月のようであり、蠱惑的な女の横顔にも見えた。

「これが君の聖痕。綺麗《きれい》でしょう？」

御影はうっとりとした目つきで、神無の聖痕をなぞる。神無は、鏡に映る自分の表情が見る見るうちに青ざめていくのが分かった。

やがて、聖痕の輝きは肌に溶けるように消えて行く。それを見送ると、御影は神無に向き直った。

「聖痕は、感情が昂《たかぶ》ったり、異能を使ったりすると浮かび上がるんだ。人によって、その形と浮かび上がる場所は違っていてね」

異能と聞いて、罪を犯した時の自分を思い出す。

眩暈がするほどの熱と、抗えない衝動と、常人離れした手際を。

何の経験も知識もない自分が、相手を的確に切り裂き、影のように去る。それは異能のなせる業《わざ》だと言われれば、説明がついた。

「咎人は、人ならざる者……。咎人には……聖痕が浮かび上がる……」

「その通り。或《あ》る人が聖痕なんて言い出したんだけど、実は、そのネーミングは頂けなくてね。僕は、入墨刑と同じようなものだと思っているよ」

御影の言葉に、神無は反応しなかった。

自身が人ならざる者になっていたという事実が、受け入れられなかった。

「安心して。僕が、こっち側について教えてあげるし、君を愛してあげる。もう、探しものをする必要が無いように」

御影は慈しみを込めた微笑を、神無に向けた。

愛してあげる。

その一言が、神無の首筋を熱くした。鏡を見なくても分かる。聖痕が、浮かび上がっているのだと。

神無の胸に、反射的に熱い感情が湧き上がる。渇望と、いつしか彼を支配するようになった、怒りが。

「……愛に自信がない奴ほど……愛を持っていない奴ほど、愛を口にするんだ」

外見と上っ面だけ取り繕ったミツバチ達を思い出す。彼女達は、美しい花びらで自身を飾りたかっただけだったり、甘い蜜を吸いたいだけだったりした。花自体を愛していたわけではなかった。

神無の手は、ナイトテーブルの上に置かれたナイフに自然と伸ばされていた。

「君がもし、愛を持っているというのなら、証明してみせろ！」

ナイフの柄を、しっかりと握り締める。

そこには、明確な殺意があった。目の前の全てを知り尽くしたかのような相手に対しての苛立《いらだ》ちと、自身の不可解な運命への混乱と、全てに抗いたいという反発心が入り混じっていた。

聖人面をした御影は、凶刃を前にしてその表情を恐怖に歪《ゆが》めるだろうか。

しかし、神無の思いに反して、御影は微笑を湛えたままだった。「やんちゃな子だね」と呟いたかと思うと、避けようとも受け止めようともせずに、神無の胸へと飛び込んだ。

「えっ……？」

神無の手から、ナイフが滑り落ちた。

目を見開く神無の背に、御影はそっと腕を回す。そして、耳元で優しく囁いた。

「改めて、僕は君を歓迎しよう。――愛してるよ、神無君」

御影の言葉は蔦《つた》のように神無に絡みつき、彼の心をきつく縛り上げる。

暫《しばら》くの間、茫然《ぼうぜん》としていた神無であったが、やがて、無意識のうちに御影の背中に手を回しそうになった。

だが、神無はハッと我に返り、その手で御影を押し戻す。

「神無君？」

「……一人になりたい」

何とか絞り出した言葉に、「分かった」と御影は微笑を湛えながら頷いた。

「何か入り用ならば、僕を呼んで」

御影はそう言って、部屋を後にする。扉が閉まる音がすると同時に、神無はベッドに沈んだ。

首筋の違和感は消えている。御影の抱擁が、打ち消してくれたかのようだった。

「……俺が、人じゃないものになった……？」

俄には信じられない。

しかし、信じざるを得ない。御影の言ったことは全て、自分が目の当たりにしたことだから。

「咎人……だって……？」

ナイトテーブルの上に、ナイフと共に置かれていた携帯端末を手に取る。

『咎人』の意味を調べてみたが、罪人や罪を犯した者という意味が羅列されているだけだった。人ならざる者になるという記述は、何処にもない。

ケイの顔が、一瞬思い浮かぶ。連絡をしようかと思うものの、巻き込むのが嫌で、脳裏から打ち消した。

そうしているうちに、リマインダーアプリがアルバイトの時間が近いと知らせてくれる。一週間前から新しいバイト先に勤務し始めたので、遅れてはいけないと神無は思った。

「行かなきゃ……」

高校を卒業して実家を出てから、都内でアルバイト先を転々とする生活を繰り返していた。バイト先の人間関係は、神無を巡って修羅場になることが多く、何処の職場でも長続きしなかった。

SNSで広告収入を得てはいたが、安定した収入も必要だった。

「俺はただ……」

神無は、答えが欲しかっただけだった。たった一つの疑問に、答えてくれる人物を探していただけであった。

——愛してるよ。

御影は、神無にそう囁いた。

あれはどういう意味だったのか。彼は神無が探しているものを持っているのか。そして、あの笑顔の下に何があるか。神無には分からなかった。

頭の芯がしびれるような感覚に陥る。シャツには、いつの間にか甘ったるい香りがまとわりついていた。じわじわと脳を蝕《むしば》み、身体を冒していくような、甘い毒のような匂いであった。

（一刻も早く、この屋敷を出よう）

そうでなければ、永遠に抜け出す機会を失いそうだ。

御影の牙には毒があり、獲物を酔わせる力があるのだと神無はハッキリと感じていた。

部屋の中を改めて眺めると、十二畳はある洋室だった。神無が寝かされているのは広いダブルベッドで、大きな枕が一つ、神無の頭を柔らかく受け止めていた。

他にはアンティークの机と椅子、そして、ソファがあった。木製の棚もあるが、その中には何も置かれていない。この部屋は空き室だったのだろうと、神無は思った。

窓からは、闇に閉ざされた空が見えた。

その下には、庭園のようなものが窺《うかが》える。屋敷の明かりに照らされて、闇の中におぼろげに浮かび上がったのは、大理石で出来ているであろう彫像と噴水、そして、綺麗に整えられた薔薇の植え込みであった。

夢か、おとぎ話の中にいるようだ。しかし、いつまでもそこに浸っているわけにはいかなかった。

神無は、絡みつく悪夢から逃れるように扉を開く。すると目の前に、やけに小さな人影があった。

「わっ！」

その人影は、飛び上がらんばかりに驚く。神無もまた、「うわっ」と思わず声をあげた。

「猫……？」

目の前にいたのは、黒猫だった。

しかし、本当に猫と言っていいのか疑わしかった。何故なら、その黒猫は二足歩行で、執事を思わせるお仕着せをまとい、編み上げの可愛《かわい》らしいブーツを履いていたからだ。

二足歩行の猫は、神無を見るなり耳をぴんと立てる。

「おおっと、失礼致しました。御影様のお客人ですね？」

「猫が喋った……？」

猫があまりにも流暢《りゅうちょう》な日本語を発したので、神無は目を丸くした。だが、猫は自らの髭《ひげ》をぴんと前脚で弾《はじ》くとこう言った。

「いいえ、わたくしは猫ではありません。黒猫執事、ヤマトと申します。所用を済ませていたため、ご挨拶が遅れて申し訳御座いません。以後、よしなに」

「いや、猫じゃん……。しかも、配達サービスをしてくれそうな名前だし……」

自称黒猫執事に、神無は思わずツッコミを入れてしまう。魔法の屋敷に吸血鬼と来たら、最早、なんでもありだなと神無はヤマトを受け入れた。

「時に、神無様」

「俺の名前、認識してるよ……」

神無は頭を抱える。

「御影様より、何かお困りのことがありましたら、お力になるようにと命じられておりますす。わたくしに出来ることでしたら、なんでもお手伝いしますので」

ヤマトはそう言って、深々と頭を下げた。

「ふぅん。なんでも……？」

「猫の手以上の働きをしましょう」

「この屋敷から出る方法は、知ってる？」

「存じておりますが、神無様が外出される際は、御影様が必ず同行なさるとおっしゃっておりました」

「……本気で俺を飼おうとしてるわけ？　まったく、犬の散歩じゃないんだから」

神無は、露骨に顔をしかめる。

「で、その御影サマは何処にいるの？」

「今はお部屋で針仕事を」

「ふーん。ハンドメイドが趣味って言ってたもんね」

神無は現状を把握し、思案する。そうしているうちに、御影に関してある疑問が浮かんだ。

「そう言えば、その御影サマなんだけどさ。ヤマト君に『愛してる』とか言うことある？」

さり気ない問いかけに、ヤマトはピンと耳を立てて目をキラキラと輝かせた。

「ええ、勿論《もちろん》。御影様は、わたくしも庭園の花も、この屋敷も、全てを愛されているのです！」

「ああ、成程ね」

どうやら、御影は博愛主義者らしい。彼の愛は真実かもしれなかったが、神無だけに向けられたものではなかったようだ。

博愛主義者の愛にも興味はあった。しかし、この魔窟から逃れようとする神無を引き留める理由にはならなかった。

「その、優しい優しい御影サマの邪魔をしたくないからさ。俺は一人で外に出るよ」

「どちらに行かれるのです？」

「池袋にある俺の部屋。ここに住むなら、荷物を取って来ようと思って」

「成程！　それは大事なことですね！」

ヤマトは納得したように頷き、「ご案内します！」と神無を屋敷のエントランスまで導いた。

「こちらをお持ち下さい」

エントランスまで来ると、ヤマトは神無に古びた鍵を手渡す。

「これは？」

「門の鍵です。この鍵をお使い頂ければ、外界と行き来が出来るのです」

「これ、大事なものなんじゃないの？　俺に渡していいわけ？」

「屋敷にスペアキーもあるので、ご心配なく。ああ、でも、帰って来たら返して下さいね」

「分かった」

神無が微笑むと、ヤマトもまた目を細めて微笑み返す。

ヤマトが見送る中、神無は屋敷を後にし、石畳の道を歩いて門の前までやって来る。

屋敷の方を振り返ると、ヤマトはまだ神無のことを見つめていた。神無が手を振ると、ヤマトもまた前脚を振り返す。

神無はそんなヤマトに背を向けると、施錠をされている門を開け放ち、外界へと飛び出したのであった。


門を出れば、そこは池袋の繁華街の片隅であった。

夜なのに昼間のように明るく、硫黄交じりの臭いが鼻を衝《つ》き、雑踏と家電量販店の独特なテーマ曲が聞こえる。近くにあったカラオケ店には、若い女子が中年の男に連れられて吸い込まれて行った。

神無が御影と出会った場所ではなく、アルバイト先の近くであった。

「どうなってるんだ……？」

背後を振り返っても、門は見当たらない。壁のようにビルが建ち並んでいるだけだった。

「まったく。分からないことだらけだな……」

それでも、受け入れるしかない。何せ、全て現実に起こっていることなのだから。

神無が向かったのは、自宅ではなくアルバイト先のコンビニであった。ゲームセンターの照明がぎらつく中、夜遊びをしている男女達の間を縫いながら、サンシャイン通りを抜ける。

荷物を取りに行くというのは、神無が外界に出るための方便だった。神無はそのまま、二度と屋敷に帰らないつもりでいた。

(悪いことしちゃったな)

レジに立ちながら、神無はポケットの中に入れた鍵を弄《いじ》る。目的を果たすためとはいえ、あの素直な猫を騙《だま》してしまったのは気が咎《とが》めた。

もし、まんまと神無に逃げられたことが御影にばれたら、どうなってしまうのだろう。

そんな不安が過るものの、御影はヤマトのことも愛していると言ったという。無下にはしないだろう。

(まあ、俺はえらい目に遭ったけれど)

牙を立てられた痕がズキズキと痛む。

吸血鬼と似て非なるものだと言っていたが、彼の異能はどのようなものだったのだろうか。自らの食事を用意していなかったが、食べ物では空腹を満たせないのだろうか。

自分は、あの屋敷を出て来て良かったのだろうか。そして、あの屋敷を出て、何をしたいというのか。

(今更、将来の展望も何もない……。戻る場所だって……)

自分の目的は、ただ一つ。そのためだけに、生きていた。

ふと、入り口の方を見やる。

すると、派手な服装の艶《あで》やかな女性が、神無のシフトの終わりを待つように、佇《たたず》んでいたのであった。


神無の携帯端末に、SNSのメッセージが入っていた。

ただ一言、「会いたい」と。それは、前のアルバイト先の合コンで知り合った女性達の中の一人であった。神無がアルバイト先を変えても、熱心に会いに来てくれる相手だった。

シフトが終わった神無は、先ほどの女性の下《もと》へと向かう。

「お疲れさま」

女性は、猫なで声で神無を迎えた。「どーも」と神無は笑みを貼り付かせる。

「待っててくれたんだ」

「会いたかったから」

神無が歩き出すと、女性は神無の腕に自らの腕を絡ませる。豊満な胸を押し付けて、神無のことを上目遣いで見つめた。

「あーん、いつ見ても素敵。睫《まつげ》もめっちゃ長いし、ヤバーい！」

「ありがと。君も、いつもキレイだけどね」

神無は、自身に向けられた賛辞への礼を添えながら女性に微笑みかける。すると、女性はほうっと熱っぽい溜息を吐いた。

「ねぇ」

「うん？」

「あなた、ミキのことフッたんでしょ？」

女性は、神無にそっと囁く。

ミキとは、御影と出会う前に会っていた女性だ。

遺体はまだ発見されていないのか、それとも、身元の確認が出来ていないのか、とにかく、目の前の女性は彼女の死を知らないらしい。そして、自分が色目を使っている相手が、殺人犯であるということも。

彼女は、媚《こ》びた目つきで続けた。

「昨日、ミキが電話して来たの。あなたに捨てられるかもって。でも、正直言って、あんな女は捨てられて当然よ。いいのは顔だけで、貧相な身体しちゃってさ。私の方が、よっぽどあなたに相応《ふさわ》しいわ」

　女性は好き勝手なことを言いながら、神無にしなだれかかる。

「あなた、スゴいんでしょ？　ミキから聞いてるわ。私なら、ミキ以上に満足させてあげる」

　女性の唇に乗せられたグロスが、街灯に照らされて艶めかしく輝く。しかし、神無は興味がそそられなかった。

　友達を貶《おとし》めて自分をアゲるなんて、違くない？

　神無がそう反論しようとした、その時であった。

「あなたを愛してるのよ」

　女性の言葉に、神無の中の何かが大きく揺らぐ。首筋の聖痕が、疼くのを感じた。

「愛してる……？」

「ええ。ずっと愛してたの。あなたとミキが一緒にいるの、とても悔しかった」

「そう……」

　首筋がひどく熱い。掻《か》き毟《むし》ってしまいたいほどに疼く。

神無は確信していた。自らの聖痕が、妖しく浮かび上がっているということを。

これはいけないと思いながらも、神無の足は人気が少ない方へと向かっていた。

大通りから外れると、あっという間に人気がなくなり、街灯が少なくなる。ビルが乱立しているせいで死角も多く、人目につかない場所を探すのは容易だった。

街灯の光が届かぬ路地裏までやって来ると、神無は女性を建物の壁に押し付けた。

「嬉《うれ》しい。やっとその気になってくれたのね……？」

女性は神無の背中へと手を回す。神無もまた、女性の耳元で甘く囁いた。

「俺を愛しているっていうのなら、証明してみせてよ」

その愛が、何処にあるのか。

止めなくてはという焦燥と、愛を探したい衝動が神無を板挟みにする。

神無は、ジャケットの下に隠したサバイバルナイフに手を伸ばそうとした。目の前の女性が答えられなければ、自分で『愛』の在り処《ありか》を探すために。

だが、次の瞬間、神無の脳裏を過るものがあった。

——愛してるよ。

それは、御影の顔だった。

右目を隠した青年の、穏やかだが不透明な微笑が思い浮かんだ。その笑顔の向こうに何があるのか、神無はまだ知らなかった。

唐突に、首筋の疼きが収まる。

神無の衝動が、ぴたりと止まった。

「だめだ……」

「え?」

神無の呟きに、女性は怪訝な顔をする。

「やっぱり、いいや」

「えっ、ちょっと!」

神無は、女性の腕を振りほどき、踵を返して路地裏を出る。女性が神無の背中に口汚い言葉を吐いていたが、神無の耳には届かなかった。

神無は確信していた。自分が、いるべき場所を。

路地裏から出た神無を、優雅なシルエットが迎える。

「捜したよ」

それは、御影であった。月を背にして、夜の街の中に佇んでいた。

「僕に黙って長時間外出するなんて、悪い子だね。帰ったら、お仕置きかな?」

御影は悪戯《いたずら》っぽく微笑む。

そんな御影に、神無もまた、冗談っぽく笑い返した。

「丁度良かった。俺を手伝ってよ、ご主人サマ?」


神無が向かった先は、自宅だった。

デザイナーズマンションの一室が、神無の借りている部屋だ。

部屋には基本的な家具と、漫画やゲームがあるくらいだったが、クローゼットの中は洋服で溢れていた。

「ここが君の城なんだね」

玄関を上がった御影は、ワンルームの部屋を眺めてそう言った。

「犬小屋みたいでしょ」

「そんなことない。素敵だよ」

「どうだか」

神無は肩を竦める。御影の表情を注意深く見ているが、彼の本心は相変わらず読めなかった。

「ここ、排気ダクトの構造がおかしいらしくてさ。隣で吸ってる煙草《たばこ》の臭いが、うちにまで流れてくるわけ」

「それは困ったものだね。神無君は、煙草を吸わないのかい？」

「吸わされたことはあったけど、正直、パスって感じ。キスがヤニ臭くなるのはちょっとね」

神無のうんざりした様子に、「成程ね」と御影はおかしそうに笑う。

「服は出来るだけ持って行きたいんだけど」

神無は、クローゼットの中に何着も並んでいるコートをかき集める。そんな様子を眺めながら、「頑張って」と御影は微笑んだ。

「御影君も運んでよ。俺一人じゃ持って行けないし」と神無はねめつける。

「どうしようかな。僕、ソーイングセットより重いものは持ったことないんだよね」

「バレバレの嘘《うそ》をつかない」

御影の言うことが嘘だというのは明らかであったが、彼が細身であることは事実であった。あまり重いものを持たせるのもな、と思いながら、「じゃあ、これ持って」と神無はアクセサリーボックスを手渡す。

「へー。この指輪可愛いね」

「勝手に開けない！」

蜥蜴《とかげ》を模したシルバーリングを取り出して眺める御影に、神無はぴしゃりと言った。

「……何というか、思っていたよりも、こう」

頭を抱える神無の顔を、御影は覗《のぞ》き込《こ》む。

「親しみやすい？」

「子供っぽい」

神無は、御影の言葉を容赦なく訂正する。御影は、「そう」とあっけらかんとしていた。

実際、御影は何歳なのか。外見は、大人と子供の狭間《はざま》である高校生ほどであったが、妙に大人びた落ち着きもあり、無邪気な一面もあった。

「まあ、退屈はしなそうだけど」

神無は、屋敷に持ち込むものをトランクケースに詰め込む。御影が神無のコートをコンパクトに畳んだおかげで、大きなトランクケースに全てが収まった。御影に手渡したアクセサリーボックスも、結局、ケースの中に入れてしまった。

「これは持って行くの？」

部屋の中を勝手に物色していた御影が、床の上に置かれたゲーム機を指さす。

「持って行く。暇潰しに丁度いいし。あの屋敷、テレビはある？」

「ない」

「……テレビは持って行きたくないな」

ゲーム機は保留となった。

「二人で遊べるものはないの？　ボードゲームとか」

御影の問いに、神無は首を横に振った。

「ボードゲームって、なかなかマニアックな世界じゃない？　テレビゲームの方だったら、対戦型のゲームが幾つかあるけど」

「じゃあ、屋敷にテレビを導入しよう。これ、運ぶのを手伝ったらいい？」

御影はあっさりと手のひらを返し、そこそこ大きな液晶テレビに手をかける。

「ソーイングセットよりも、重いものを持ったことがないんじゃなかったっけ？」

「経験がなくても運べるものだよ」

意地悪な笑みを浮かべる神無に、御影はにっこりと微笑んだ。

「俺があそこで暮らすの、そんなに楽しみなわけ？」

「うん」

反撃を兼ねた神無の言葉に、御影は素直に頷いた。

「一緒に暮らす人が増えるのは嬉しいよ。……ヤマト君は、僕を敬ってくれるがゆえに距離があるけれど、君はその心配がなさそうだし」

御影は、遠くを見つめる。

赤い瞳には、ひどく哀《かな》しい感情が宿っていた。しかし、神無と生活を共にすることへの期待からか、口元には、はにかむような笑みが湛えられ、頬は薄紅色に染まっていた。

そんな御影の顔を見た神無は、彼にそれ以上の反撃が出来なくなってしまった。

「……何か、飲む？　酒と炭酸しかないけど」

その場から逃れるように、神無は冷蔵庫の方へと向かう。「炭酸がいい」という御影の声が、背中越しに聞こえた。

神無は二人分のグラスに炭酸飲料を注ぎ、戸棚に入っていたスナック菓子を添えて御影の下へと運んだ。

「はい。手伝ってくれたお礼」

「有り難う」

御影はソファに腰を下ろし、グラスを受け取った。

「つい用意しちゃったけど、御影君って血以外のもの食べられるの？」

「うん。血は定期的に摂取しないといけないけれど、血以外のものも食べられるし、それなりに満たされるよ」

御影は炭酸飲料をチビチビと飲みながら、スナック菓子に手を伸ばす。

「血は、定期的に提供しなきゃいけないわけ」

「家賃代わりだと思って」

スナック菓子を小動物のようにポリポリと噛み締めながら、御影はそう言った。人形のように美しい顔立ちの青年が、スナック菓子を咀嚼している様子はなかなかシュールだな、と神無は眺めていた。

「ま、いいけど」

神無にとって、ただ飼われて、主導権を握られるのは性に合わない。家賃代わりという取引ならば、血の提供も惜しまなかった。

ふと、ガーゼの上から傷に触れる。傷口はだいぶ落ち着いたようで、少し強く押してもあまり痛みはなかった。

あの時の妙な感覚を、また味わうことになるのか。

痛みの後に来た、全身を駆け巡った眩暈がしそうなあの感覚は、未知のものでありながらも何処か甘美であって、思い出すだけでも身体の奥が熱くなった。

これも彼の異能なのか。それとも――。

「神無君？」

気づいた時には、御影が顔を覗き込んでいた。

「なに？」と平静を装いつつ、神無は問う。

「ごちそうさま」

御影はにっこりと微笑む。スナック菓子は、すっかり平らげられていた。

「俺、一口も食べてないんだけど」

「スナック菓子なんて久々に食べたから、つい。後で、買ってあげるからね」

機嫌を取ろうとしてか、神無の頭を撫でようとする御影の手を、「別にいいけど」と神無はやんわりと押しのけた。

「さて、と。休憩も済んだし、行く？」

「うん」

神無の問いに、御影は嬉しそうに微笑んだ。そうやって無邪気な顔をしていると、子供っぽくて可愛いのにな、と神無は心の中で呟く。

「そう言えば、テレビは？」

「あとで」と神無は、名残惜しそうにテレビを眺める御影に答えた。

「本は？」

本棚の中にある漫画を見やりながら、御影は問う。

「もう読んじゃったし」

「じゃあ、この家は？」

御影は、神無が唯一執心していた服飾がなくなり、生活感が失せた室内をぐるりと見回す。

「適当なところで解約する。一人でいるのも、飽きたところだし」

「そっか」

御影は顔を綻ばせる。そんな彼の頭に手を伸ばし、神無は思わず撫でてしまった。

「ふふっ、くすぐったいよ」

「あれ。子ども扱いされたら怒る系のキャラじゃないんだ」

意外そうな顔をする神無に、「触れられるのは好きだからね」と御影は答えた。

「それは、俺も同感」

神無も、触れ合うことを好む方だった。その方が、顔色を窺うよりも相手の本心が分かるから。

ミステリアスな御影のことも、こうして触れ合っていれば、分かることが増えるだろうか。

「そうだ。アルバイトはどうするの？」

御影の問いに、神無はややあって答える。

「アシがつくまで続ける。自分の小遣いは稼ぎたいし」

「意外と真面目だね。血を提供してくれる頻度を増やしてくれたら、お小遣いもあげるけど」

「それじゃ家畜じゃない」

神無は苦笑した。

「そういうつもりはないんだけど、君がそう思うならそうなんだろうね……」

気難しいなぁ、と御影はぼやく。

「扱い難いのは、君もだけど」

「それじゃあ、お互いさまかな」

神無と御影は、互いに顔を見合わせるとクスリと笑った。

二人は、神無の部屋を後にする。

マンションから出る道中、屋敷にはどうやって行くのかと神無は問う。御影は、鍵を持っていれば、屋外の何処からでも行けるのだと答えた。

「それじゃあ、テレビを運ぶのも楽だ」

「外まで運ばなきゃいけないけどね」

「絶対に手伝って貰《もら》うよ、御影君」

「ソーイングセットより重いものを持ったことがない僕で良ければ」

「それ、まだ言うんだ」

神無はクックッと笑う。

そんな神無を見て、御影は言った。

「でも、良かった」

「なにが?」

「咎人になったこと、落ち込んでいるかと思って。だけど、大丈夫そうで本当に良かった」

そう言われた神無は、御影の顔を見やる。ミステリアスなベールの向こうに、心底安堵《あんど》したような微笑みが窺えて、神無は胸の奥をきゅっと摑まれたような感覚に陥った。

「……優しいね」

「そうかな？」

御影は首を傾げる。そんな御影に、神無は調子を戻すとこう言った。

「だって、今更でしょう？」

神無は、自分が罪を重ねているという自覚があった。エゴのために道を踏み外した彼は、自らの罪に目に見える罰が訪れたことに、安堵すら覚えていた。

御影は、「そうだね」と頷く。

「改めまして、ようこそ。罪を犯して人の道を外れ、罰を背負った異能の者――『咎人』の世界へ」

東の空から昇る太陽を背に、御影は手を差し伸べる。

神無は、「お手柔らかに」と皮肉めいた笑みを浮かべると、その手を取ったのであった。

2

Criminal Stigmata

切り裂きジャックとジャンヌ・ダルクの制裁

神無《かんな》が起床したのは、昼過ぎのことであった。

自室の扉を開けると、ヤマトが待っていましたと言わんばかりに、「おはようございます！」と声を張り上げた。

「おそよう……」

神無は欠伸《あくび》をかみ殺す。

「遅いというご自覚があるのなら、早くご支度をなさって下さい！　貴方にとっての朝食、御影《みかげ》様にとっての昼食の用意が整っておりますので！」

「そんなに大声を出さなくても分かってるって。何か怒ってる？」

怪訝な顔をする神無に、ヤマトは眦《まなじり》を決した。

「怒ってる？　怒ってるか、ですって？　わたくしを謀《たばか》っておきながら、何たる厚顔無恥なお言葉でしょう！」

「あー、それか……」

毛を逆立てるヤマトを見て、神無は彼をまんまと騙してしまったことを思い出す。

屋敷に戻ってからは、御影にヤマトの鍵を返したものの、結局、ヤマトに何の謝罪もせずに就寝してしまったのだ。

「ごめん、俺が悪かったよ。反省してる」

神無はヤマトの目線に合わせてしゃがむと、手を合わせて謝罪する。ヤマトは満更でもないようで、「そこまで言うなら」と怒りを鎮めた。

「もう二度と同じ過ちを繰り返さぬと、このヤマトと約束して下さい。それで終わりにしましょう」

だが、神無は頷かなかった。

「うーん、どうだろう」

「はぁぁ？　またわたくしを欺くとおっしゃる⁉　御影様がお連れになった方だからと信用していたのに！　このっ、このっ！」

「痛っ！　猫パンチじゃなくて、マジパンチはやめてよ！」

神無は、ヤマトから俊敏に繰り出されるパンチを手の平で受けつつ、こう弁解した。

「もう、この屋敷から逃げようとは思わないけどさ。でも、飼い犬みたいな生活は俺には合わないわけ。何処に行くにも飼い主同伴は、ちょっとね」

「それについては、心配無用だよ」

第三者の声に、神無とヤマトが振り向く。廊下の向こうから現れたのは、御影であった。

「このタイミングで目が覚めるなんてね。ランチタイムをもう少し遅くすればよかったな。神無君と一緒に、食卓を囲みたかったのに」

御影は、残念そうに眉根を寄せる。どうやら、彼は既に昼食を終えたようだった。

「叩《たた》き起《お》こしてくれてもよかったのに」と神無は苦笑する。

「気持ちよさそうに寝ていたから、そういうわけにはいかなくてね」

御影は神無に歩み寄ると、「はい、これ」と手の中に何かを落とす。それは、屋敷の門の鍵だった。

「これ……」

「欲しかったのは、これでしょう？　もう、ヤマト君を騙さないでね？」

御影は微笑んでいたが、その笑顔は威圧的であった。ヤマトは御影の後ろにササッと隠れると、「そうですよ！　騙さないでください！」と便乗する。

そんな声は届いていないのか、神無は鍵と御影を見比べていた。

「鍵、貰っていいの？」

「いいよ。元々、スペアキーとして保管していたうちの一つだし」

「でも、御影君に黙って出掛けるかも」

「一声かけて欲しいけど、僕の同行はなくても大丈夫。君のことは、信じるに足りると思ったからね」

「そう……」

信頼の証。そう思うと、その鍵は特別なものに思えた。

そして、神無にとって、もう一つ気になることがあった。

「なんか、根付《ねつけ》がついてるんだけど……」

「可愛いでしょ？」

御影は、自信満々に微笑む。

鍵についているのは、ちりめん細工の黒猫だった。ご丁寧に、首に鈴までついている。

「可愛い……けどさ」

「不満？」

御影は不思議そうに首を傾げる。

「俺のキャラじゃないでしょ……」と神無は呻いた。

「そう？　それじゃあ、ティラノサウルスの方がよかったかな」

神無は、思わずツッコミを入れてしまう。

「極端！」

一方、ヤマトはそんな神無に、ずいっと詰め寄った。

「御影様が、朝早くからお作りになったものですよ！　文句を言わずに受け取りなさい！」

「えっ、これも手作り……？」

神無が目を丸くすると、御影は得意顔をする。デザインの完成度も高く、縫い目も丁寧で、神無は既製品かと思っていた。

「そういうことなら、貰っておいてあげる……」

「大事にしてね」

無邪気に微笑む御影に、「調子が狂うよ、本当に」と神無は苦笑した。

「そうそう。夕方から出掛けるから、頃合いになったら神無君はエントランスに集合して」

「あれ、早速飼い主のお供ってやつ？　俺は何すればいいの？　荷物持ち？」

神無はおどけるようにそう言うが、御影は意味深な微笑を湛えたかと思うとこう答えた。

「君に、咎人《トガビト》について教えないといけないと思ってね」

御影の唇に、無邪気さとはかけ離れた妖艶な笑みが添えられる。神無は、そんな彼から目が離せなくなっていたのであった。


昼と夜が交わる時間になった頃、外套《がいとう》を羽織った御影は、ステッキを手に神無を引き連れて屋敷を出た。

屋敷の門は、鍵を持つ者が望む場所に繋《つな》がっているという。

御影が神無とともにやって来たのは、臨海都市の一角にある人気のない倉庫であった。

潮風が、神無の赤い髪を撫でる。空には驚くほど雲がなく、サンセットの彩りを惜しみなく映し出すスクリーンと化していた。

遠くでは、ライトアップされたレインボーブリッジが見える。その下を、白い遊覧船が優雅に通り過ぎて行った。

「デートにしては、色気のない場所だけど」

神無は、すぐそばにあるシャッターが締め切られた倉庫を眺めながら、冗談っぽく言う。

「この用事が終わったら、一緒に観覧車にでも乗ろうか」

御影はにこやかに、冗談とも本気とも分からない調子で言った。

「御影君、見た目に違《たが》わずロマンチストだね」

「出来ることなら、いつもロマンを追い求めていたいんだけどね」

ずらりと並んだ倉庫の陰に、濁ったような空気が漂っていた。死角があちらこちらにあり、神無は自然と五感を研ぎ澄ました。

「ここは、どちらかというと悪い連中が裏取引でもしてそうな場所だ」

「そう。生憎《あいにく》とロマンとは無縁な場所でね」

御影はそう言うと、足を止めて神無を制止する。神無もまた、御影に従った。

「タイミングが良さそうだ。神無君、持ってるね」

足音だ。

神無は思わず身構える。前方から、足をもつれさせながら走ってくる人影があった。

「ひぃ、ひぃ……！　助けてくれ！」

現れたのは、やけに派手なシャツを着た男だった。腕にはびっしりと刺青《いれずみ》が彫ってあり、一目見てその筋の者であることが窺えた。

「何があったんだい？」

御影は、平然とした顔で男に問う。

「と、取引相手が……バケモノに……！　仲間が……やられて……、それから、取引相手の身体が変な液体に包まれて……！」

「バケモノ？」

神無は目を瞬かせる。

「そう。それは大変だったね。後は任せて」

御影は、男を落ち着かせるようにそう言うと、倉庫から離れるよう促す。

へっぴり腰で逃げる男の背中を眺めながら、御影は慣れた様子で一一〇番通報した。

丁度、男が逃げて行った場所に、警察が駆け付けるようにと。

「バケモノって、どういうこと……？　それに、今のは……」

通話を切った御影に、神無は問う。

「今のは、神無君が言う悪い連中の類《たぐい》かな。そして、バケモノというのは――」

御影は、前方に向き直った。

前方に見える倉庫の陰から、物音が聞こえる。足音のようだが、重々しく引きずるような音だった。

「神無君、咎人って何だっけ？」

御影は、教師のような勿体《もったい》ぶり方で問う。御影が言っていたことを思い出しながら、神無は答えた。

「罪を犯して人の道を外れ、罰を背負った異能の者……だっけ。俺や御影君みたいに、聖痕《スティグマ》があるのも特徴っていう……」

「よく出来ました」

御影は嬉しそうに微笑む。しかし、それも一瞬のことだった。

「咎人となった者は、君のように人間だった時と変わらない姿でいるとは限らない」

御影は、憐憫《れんびん》すら含んだ表情でそう言った。

「それって、どういう……」

「意志が弱いものは、罪の重さに耐えきれずに自壊してしまうのさ。そして、醜悪な悪鬼となり果てる」

「醜悪な、悪鬼……？」

「ご覧」

御影は、外套の下からステッキを取り出すと、前方を指し示した。

ずり……ずり……と、あの奇妙な足音が近づいてくる。倉庫の陰から足音の主が現れた瞬間、神無は息を呑んだ。

「あれは……っ」

それは、人間によく似た形であったが、人ならざる者であった。

頭部と四肢はあるものの、背中は大きく折れ曲がり、身体はふやけたように肥大化していた。

身体全体がタールのようなもので覆われており、周囲に悪臭を放っている。それが歩く度に、ねばついた液体を垂らしていた。

「あれも咎人さ」

「元人間ってこと……？」

そんな馬鹿な。だってあれは、化け物じゃないか。

神無のそんな心の声を察するように、御影は頷いた。

「咎人に堕ちた瞬間、自然の摂理に背くことになる。具体的なことは追い追い話すけれど、そのうちの一つが異形化さ。人の形を失い、罪の形に変わる。君は幸い、自我が強かったから形を失わなかったけれど」

神無は、返す言葉が見つからなかった。

タールをまとった異形は、ねじ曲がった身体で何かを抱えていた。よく見れば、それはアタッシュケースだった。

ケースの中から白い包みがこぼれる。その瞬間、異形はひゅっとゴムのように手を伸ばし、包みを拾って大事そうに抱え込んだ。

「クスリだね」

御影は、何ということもないように言った。

「薬物を取引しようとしていたけれど、独り占めしたくなっちゃったのかな」

「それで、咎人に？」

「こういう人達は咎人に堕ち易くはあるけれど……。さっきの人の話から察するに、取引相手を殺してしまったのがきっかけで堕ちたのかも」

御影は小さく溜息を吐く。

「咎人が関わったことも、裏社会の出来事と同じで表に出ることは少ない。大抵は暴かれないか、隠蔽されるか、という感じかな」

一般人が知らないところで咎人が暗躍している。その事実を知った神無は、連続殺人犯である自分よりももっと大きな闇の存在を実感した。

「……あいつは、どうするわけ？」

「このままだと、一般人に被害が及ぶかもしれないし、どうにかした方がいい」

「ふぅん。御影君は、正義の味方みたいなことをしてるんだ……？」

意外そうな神無に、御影は「まさか」と苦笑した。

「関係ない子が苦しむのは本意ではないけれど、正義の味方というわけじゃないよ。僕にも、ちゃんと利益があってやっているのさ」

「利益？」

「それよりも、武器は持って来た？」

神無は、念のためにジャケットの裏に忍ばせて来たナイフに触れながら、「一応」と答えた。

「良い子だ」

御影はそう微笑んだ瞬間、足元に落ちていた小石を蹴り飛ばした。前方を闊歩《かっぽ》している、異形に向けて。

「ちょ……！」

神無はぎょっとして目を見開く。小石は見えない力に操られているかのように真っすぐ飛んで、異形の足に当たった。

「ウ……ウウ……」

異形は呻くような声をあげながら、首を妙な方向に捻《ね》じ曲《ま》げて神無達を見やる。

その真っ黒な顔には一対の眼窩《がんか》があり、虚空の中にはぎらついた赤い光が灯っていた。

「な……っ」

その瞳ならざる瞳にねめつけられた神無は、全身に寒気を感じる。

額には、歪んだ図形が浮かんでいた。恐らく、それが相手の聖痕なのだろう。だが、御影や神無のように、何かを象徴しているようには見えなかった。

存在も聖痕も不完全なその異形の、濁った欲望だけは伝わってきた。抱え込んだクスリを独占し、手を出そうとする者を排除しようという歪んだ意志は。

「神無君、跳べ！」

御影の声に、神無は我に返る。命じられるままに飛び退《との》いた瞬間、神無がいた場所に、タールのようなものを吐きかけられた。

「これは……」

タールを吐きかけられた場所は、音を立てて溶けていく。「強酸だね。邪魔するやつは消えろということかな」と御影は悠長に分析していた。

「どーするの、これ」

「神無君、倒してみてよ」

「は？」

「君の異能をちゃんと分析したい」

御影は微笑む。

「鬼畜過ぎじゃない？　あんなのと戦ったことないんだけど」

「僕がフォローするよ。無理そうならね」

御影は、優雅にそう言った。

その余裕が、神無の闘争心に火をつける。「あっ、そう」と神無は冷ややかに応じた。

「どさくさに紛《まぎ》れて、俺に手を嚙まれないようにしなよ！」

神無はナイフを抜くと、異形と対峙《たいじ》する。

だが、どう動くべきか、頭では全く分からなかった。神無は人殺しであったが、戦闘をしたことはなかった。

異形は、じりじりと神無に迫る。御影はさり気なく後退しており、異形の視界には入っていないようだった。

「消エロ……消エロ……。コレハ、全部オレノダ……」

ガサガサした声で、異形はぶつぶつと呟いていた。ただ欲望だけで動いているその様子に、神無は憐れみすら覚えた。

（咎人になったって言っても、まだ生きてるんだもんな）

神無がそうであるのと同じで、相手もまた、人生が閉幕したわけではない。それなのに、己の欲に溺れ、我を無くし、醜態を晒しているなんて。

（醜態を晒してるのは、俺も同じか）

価値のない人生を、たった一つの探しもののためにダラダラと続けているなんて。

神無は、いつの間にか、異形になった人物を自分と重ねていた。「クソみたいだ」と泥のように濁った感情を吐き捨てる。

ちりっと首筋が熱くなった。感情が昂ると同時に、全身を駆け巡る衝動と疼きに呑み込まれそうになる。

「神無君、ちゃんと自分の手綱を握るようにね」

熱に浮かされる感覚に振り回されそうになった瞬間、御影の声がハッキリと聞こえた。

「ちゃんと調教してみせるさ。御影君ほど、上手《うま》くないかもしれないけど」

神無は冗談っぽく返す。その裏では、自身と向き合おうと必死だった。

この衝動の正体は何なのか。

切り裂きジャックとして刃を振るっていた時は、愛の在り処を探していた。そして今は、自分と重ねた醜悪な相手に嫌悪感を覚え、壊してしまいたいと思っている。

自分の隙間を埋めたくて、自分の隙間から目をそらしたくて。他者との交わりを必要としているのに、他者と交わったがゆえに相手に失望し、別の相手により深い交わりを欲してしまう。

随分と自分勝手で独り善がりだと、神無は自身を省みた。

独り善がりだからこそ、人の道を外れたという自覚が芽生えた。これ以上、独り善がりで人を傷つけてはいけないとも思った。

（だが――）

目の前の相手もまた、自分勝手な理由で他者を傷つけようとしている。そして、自分にはそれに対抗する術《すべ》がある。

やるべきことは、ただ一つ。

そう思った瞬間、神無の目の前が急に開けたような気がした。

あの度し難い衝動は、随分と和らいだ。神無が衝動と向き合い、衝動を制御する術を身に付けた証であった。

「さっさと、逝《イ》かせてやる」

神無は、徐々に迫る異形を睨《にら》み付《つ》ける。異形は意に介した様子はなかったが、そんなことは問題ではなかった。

神無には、『見え』たのだ。

異形の腹に抱えたアタッシュケースが、異形の心臓部だということが。そして、そこに辿《たど》り着《つ》くまでの道筋が。

「消エロ！」

異形はそう吠《ほ》えたかと思うと、強酸のタールを吐き捨てる。その一瞬の隙を、神無は見逃さなかった。

タールの軌跡に隠れるよう、神無は姿勢を低くする。気配を消し、神無の姿を見失った異形に接近した。

異形の懐に飛び込むと、異形は再びタールを浴びせようとする。だが神無は、するりと柳のようにかわすと、異形の背後からアタッシュケースに向けてナイフを突き立てた。

「オ……オオオォッ」

神無は深々と突き刺したナイフを抜き取ると、その場から素早く飛び退いた。ぱっと傷口からタールが飛び散り、虚空に漆黒の華を咲かせる。

異形は大きく身体をしならせて悶絶《もんぜつ》する。開け放たれた口からは、タールをぼとぼとこぼしていた。

引き裂かれた腹部からは、白い粉が詰められたアタッシュケースがずるりと解き放たれる。それが完全に地に落ちると同時に、異形の身体は崩れ落ちた。まるで、水を被《かぶ》った砂の山のように。

つんとした異臭が、辺りに漂う。

だが、それ以上のことは起こらなかった。異形がいた場所にはタールが溜《た》まっているだけで、起き上がってくる様子もなかった。

「終わった……わけ？」

「君が咲かせた罪の華、実に見事だったね。僕が手を出す必要もなかったよ」

御影は、しれっとした顔で物陰から現れる。

神無はその頬を叩いてやろうかと思ったが、膝の力が抜けてしゃがみ込んでしまった。

「くそっ……」

「お疲れさま。怖い思いをさせてしまったね」

御影もまた膝を折ると、神無を労るように頬を撫でる。

「で、何か分かった？」

残った気力を何とか掻き集め、神無は御影をねめつけた。

「一つ、質問させて。どうして、アタッシュケースを狙ったのかな？」

「そこが心臓だと思ったから」

神無の答えに、「ふぅん」と御影は相槌を打った。

「君は、相手の罪の根源を見つける能力と、驚異的な身体能力があるようだ。思った以上にいい動きをしていてね。足音がほとんどしなかったところと、殺人現場を目撃されなかったところを鑑みると、隠密性《おんみつ》に優れているのだろうね」

神無は御影の分析を黙って聞いていたが、一つだけ、気になる単語があった。

「罪の根源？」

「ほら、ご覧」

御影は、タール溜《だ》まりになった場所をステッキで指す。

すると、タールの中から白い腕が伸びていた。よく見ると、タールまみれになった男が倒れているではないか。

「あいつ……もしかして、異形の元になった人間か」

「ご名答」

「人間に、戻った……？」

「いいや」

御影は、複雑な面持ちで首を横に振る。

「咎人に堕ちた者は、基本的には人間に戻れない。彼は、取り込んでいた罪の根源――欲望の元を破壊されたから、一時的に自らの姿を取り戻したのさ」

「正気を取り戻した、っていうのに近いのかな」

「その通り。神無君は頭がいいな」

御影は掛け値なしの賞賛を贈る。だが、御影の方がどう見ても年下なので、神無の心境は複雑だった。

そんな神無をよそに、御影は倒れている男に歩み寄る。

「罪の根源を見つけられる異能は素晴らしい。こうやって、我を失った咎人に会った時に役に立つからね。神無君は、闇に紛れて獲物に歩み寄り、確実に仕留める力があるようだ」

「へぇ……」

「相手に見つかっていない状態なら、もっと上手くやっていたと思うよ」

御影は、ポケットから小瓶を取り出して、男の傍《そば》にしゃがみ込む。

「でも、咎人に堕ちることで異能を得るんだったら、堕ちた方が得なんじゃない？」

神無の素朴な疑問に、「そう、上手くはいかないものなのさ」と御影は言った。

御影は、手にした小瓶で地面にたまっているタールを掬《すく》う。無垢《むく》な小瓶の中は、あっという間にどす黒い液体で満たされた。

「なにやってんの？」

「穢れた血の回収さ」

「それ、血なんだ……？」

真っ黒で、ねばねばしていて、じっとりとした腐臭も漂っているそれを見て、神無は露骨に顔をしかめる。しかし、御影は小瓶の蓋を閉めると、丁寧に胸ポケットに入れた。

「僕は、穢れた血を口にしないと己の維持が難しくてね。異能を使うとその消耗も激しいから、常にストックを必要としているのさ」

「そんなのを飲むの？」

重油のような血を口にする御影を想像し、神無は反射的にそう尋ねる。

「君がくれない時はね。今までは、そうして来たし」

御影は、何と言うこともないように微笑む。神無の手は、自然とガーゼが覆う傷痕に伸びた。

「穢れた血って、咎人の血ってこと？」

「そうだね」

「俺の血は、……美味しい？」

「うん」

御影はにこやかに頷く。

「……じゃあ、いいよ」

神無は、小さな声でそう言った。

「今、なんて？」と御影は自身の耳を疑っているのか、目をぱちくりさせる。

「好きな時に、飲んでいいよ。だから、そのクソマズそうなのは捨てたら？」

「神無君……」

御影は目を丸くする。神無は、そんな彼の視線から逃れるように、目をそらした。

「まさか、そんなに積極的にくれるとは。君は、優しい子だね」

「……優しい子は人殺しなんてしないでしょ」

御影の慈しみがこもった視線が、居心地が悪くて仕方がなかった。神無は、それは自分に向けられるべきものではないと感じていた。

「君が愛を探しているのには、理由があるんでしょう？　僕に、聞かせてくれないかな」

御影は静かに歩み寄る。神無を包み込むような笑みを湛えながら。

「俺は……」

神無は、その微笑みに縋《すが》り付《つ》きそうになる。記憶の糸を手繰《たぐ》り寄せようとしたその瞬間、頭の奥から金切り声が聞こえてきた。

——お前なんて、産まなければよかった！

「あっ……」

怒鳴っているのは、自分によく似た女だった。派手な化粧がよく映える華やかな容姿に、艶めかしい肉体。甘ったるい香水と煙草のにおいをまとわりつかせ、毒の花を咲かせていた女だ。

「神無君？」

御影は心配そうに、神無に触れようとする。だが、その手を神無は振り払った。

「触るな！」

「神無君……」

動揺する御影の姿に、神無の中で罪悪感が沸き上がる。何とか謝ろうとするものの、頭の中で、また女が叫んだ。

——お前なんて、愛するものか！

記憶の中の女が手を伸ばす。よく磨いた鋭い爪を剝《む》き出《だ》しにして、美しい顔を怒りに歪めて。

「やめろ……やめてくれっ！」

神無は、記憶の中の女の手から逃れんと、踵を返して走り出す。

「神無君！」と自分を呼ぶ声が聞こえたような気がしたが、最早、神無にはどうすることも出来なかった。

——お前の父親、あいつの浮気癖に辟易《へきえき》して逃げたんだって？

記憶の女の下には、見知らぬ男が代わる代わるやって来ていた。その中の一人が頭の中に現れたが、すぐに消えて、別の男になった。

——父親も出張ばっかりで、あいつも寂しかったんだろうな。愛されたい、愛されたいって俺に泣きついて来てさ。

——お前も可哀相になぁ。あんな女のところに生まれちまって。

——お前はあいつによく似てるよ。綺麗な顔と、生意気そうな目が。だけど若い分、あいつよりもイイんじゃないか……？

自分に語り掛ける男が次々と変わる。自分に伸ばされる手は、徐々に増える。欲にまみれた手が、指先が、自分を押さえつけて汚そうとする。

最後に伸ばされたのは、あの女の手だった。

自分によく似た母親は、自分の首に手をかけてこう言った。

——私が愛されたかったのに！　お前を産めば、あの人はもっと私を愛してくれると思ったのに！　あの人がいなくなった今、お前になんて用はない！　お前なんて、死んでしまえ！

「『愛』って……」

気づいた時には、あと一歩で海というところまで来ていた。神無はへなへなと、その場にへたり込む。

「愛って何なんだ……。あんたは何が欲しかったんだ、母さん……」

声は、すっかり掠《かす》れていた。頬に生温かいものが伝う。涙を流したのは、何年ぶりのことだろうか。

神無の母親は、シングルマザーだった。父親とは神無が幼少期に離婚してしまったため、父親がどんな人物だったか、記憶に残っていない。

母親は、遅くまで仕事をしていたらしかった。母親の恋人だという男が頻繁に家に来ていたが、誰とも長続きしなかった。母親は、愛に飢えていて嫉妬深く、些細《ささい》なことで男達と口論になっていたからだ。

母親は少しずつ老けて行き、神無が成長する頃には、男達の質もずいぶんと悪くなっていた。男達の欲望のはけ口の矛先は神無にも向き、それが母親を更に苛立たせた。

結局のところ、母親との関係は破綻し、神無は高校を卒業してから家を出たのである。

「こんなところにいたんだ」

背後から聞こえてきた声に、神無はびくりと身体を震わせる。振り返らずとも、声の主は分かった。

「御影君……」

「大丈夫？」

御影はそう尋ねたかと思うと、ふわりと神無の背中に覆い被さる。腕をそっと前に回し、強張《こわば》る神無の身体をやんわりと抱いた。

「あ……やめ……」

今は駄目だ、と神無は心の中で悲鳴をあげた。

男達の欲にまみれた腕の感触が、フラッシュバックする。そんな神無の耳元で、御影は優しく囁いた。

「深呼吸、してごらん？　ほら、大きく息を吸って、吐いて——」

神無は激しくなる動悸《どうき》を抑えるように、言われるままに息を吸い、吐き出した。

それでも、気持ちは落ち着かない。御影は、「ほら、もう一回。ゆっくりでいいから」となだめるように囁く。神無はこくんと頷き、御影の声に従って深呼吸を繰り返す。

何度か深呼吸をすると、神無はようやく落ち着きを取り戻した。

「ありがと……あと、ごめん」

神無は、落ち着かせてくれたことへのお礼と、撥《は》ねのけてしまったことへの謝罪をした。

「気にしないで」と御影はくすりと微笑む。神無が落ち着きを取り戻したのを確認すると、そっと離れようとした。

だが、解かれようとした腕を、神無がそっと摑んだ。

「待って」

「どうしたの？」

「……聞いて欲しい話が、あるんだ」

神無は、怯《おび》える子供のように恐る恐るそう言った。そんな彼に、御影はふわりと微笑み、「勿論」と耳を傾けたのであった。


「そっか。それで神無君は、愛がなんだか分からなくなってしまったんだね」

大まかな事情を話した頃には、神無は歩けるほどに気力が快復していた。二人は並んで、先ほどの倉庫の近くへと向かっていた。

「多分、そうなんだと思う。ずっと自問自答していて、それでも、答えが出なくて」

神無の話を聞いていた御影は、ややあってこう言った。

「咎人は異能を得る代わりに、様々な代償を払うことになる。僕が穢れた血を必要とするように、君は他人との繋がりを必要としているのかもしれないね。君が愛を探すのも、繋がりを求める咎人としての渇望が後押ししているのかもしれない」

「それじゃあ、今までのも……」

神無に近づいて来たミツバチ達の中に、必死になって愛を見出《みいだ》そうとしたのも、あれほどまでに愛に固執していたのも、全て、咎人に堕ちたがゆえの衝動だったということか。

「君は、不幸な結果を幾つも生み出してしまった。しかし、それは本当に抗い難いものだったのさ。人が酷い飢餓に陥ると、木の根や靴底すら食べようとするようにね」

「仮に、そうだとしても」

神無は、眉間にぎゅっと皺を寄せる。

「許されることじゃないでしょ」

それは、戒めの言葉だった。仕方がないことという免罪符に一瞬でもすがりそうになった、自分自身への。

　御影は、そんな神無に肩を竦める。

「君が自身を許すか許さないかは君に任せるとして、僕の前では強がる必要はないよ。傷の痛みに咽《むせ》び泣き、罪の深さに喘《あえ》ぐ子羊でいいんだ」

言い聞かせるような御影の言葉に、神無は頭《かぶり》を振った。

「はっ、俺が子羊だって？　よく言うよ」

　神無は嘲笑を浮かべ、虚勢を張る。

「俺は、ずっとこうやって生きてきた。今更、生き方なんて変えられないし――」

　神無の言葉は、そこで止まった。

　二人の目の前に、先ほどまで異形化していた男が躍り出たからだ。

「こいつ……！」

「気が付いたみたいだね……」

　二人は警戒する。しかし、男はふらふらと二人に歩み寄ったかと思うと、口をパクパクさせた。

　神無は一歩踏み出そうとするものの、御影がそれを制す。代わりに、御影が男の方に一歩踏み出した。

「どうしたんだい？」

「と、と……咎人……狩り」

「えっ」

御影が聞き返したその瞬間、男の身体に裂傷が走る。神無が「御影君！」と警告めいた声をあげるのと同時に、男の身体は弾けた。

男の身体は、だるま落としのようにバラバラになり、音を立てて地に落ちる。間近にいた御影の身体を、穢れた血で染めながら。

「御影君……！」

神無は心配そうに駆け寄る。

しかし、返り血を全身に浴びた御影は、いつもと変わらぬ微笑みを湛えていた。

「ふふ、参ったね」

白い髪は、すっかり赤黒く染まっていた。しかし、御影は穢れをものともせず、肩を竦める。

「どうやら、禊《みそ》ぎが必要なようだ」と。

屋敷に戻った御影は、禊ぎと称してバスルームへと向かった。

その間、神無は自室にて、首筋に当てられたガーゼをそっと剝《は》がしてみていた。

「傷、塞がったのか」

牙は深く突き立てられたというのに、今はもう、ほとんど痕が残っていなかった。

驚異的な再生力。これも、咎人の異能の一つだというのか。

「分からないことだらけだな」

もどかしい、と神無は心底感じていた。分からないことを逐一尋ねなくてはいけない自分に、苛立ちを覚えていた。

「早く、慣れないと」

自分の本来のペースを取り戻すためにも、一刻も早く今の生活に慣れなくては。

神無は自室を飛び出すと、居間へと向かう。

カーペットが敷かれた広々とした居間の中心には、コの字を描く長いソファがあった。そこに、御影の後ろ姿が窺えた。

「禊ぎは終わったの？」

「うん」

御影は静かに頷く。正面に回った神無は、思わず声を失った。

御影は、雪花石膏《アラバスター》のように美しい肢体に、バスローブを一枚まとっているだけだった。ゴシック調の服で身を固めていない御影の身体は、中性的でひどく華奢《きやしゃ》に見えて、神無は近づくことを躊躇《ためら》った。

「おいで」

そんな内心を見透かしたかのように、御影は神無に微笑む。

神無は、気圧《けお》されたことを悟られまいと、御影のすぐ隣に腰を下ろした。

「どう？　綺麗になった？」

神無よりも少し背の低い御影は、顔を覗き込むように前屈《まえかが》みで問う。襟が緩んだバスローブの隙間から見える彫刻のような肌は、抜けるように白かった。

「綺麗だよ。人間だと思えないほど」

「まあ、人の道から外れた咎人だしね」

「じゃあ、咎人だと思えないほど」

神無は、御影の白い前髪にそっと触れる。繊細な毛先は、さらりと神無の指先を撫でた。

「この眼帯の下」

神無の視線は、無防備な姿をさらしても尚《なお》、完全に右目を封じている眼帯に釘付《くぎづ》けだった。

「怪我《けが》、隠してんの？」

「秘密」

御影の指先が、伸ばされた神無の手をやんわりと退ける。

「さっきのことだけど」

「……あの、バラバラになった咎人の？」

「そう」

御影は姿勢を正しながら、先ほどの出来事を改めて整理する。

御影が穢れた血を採取するために、咎人がいそうな所へと向かった。その先で、異形化している咎人と出会った。神無の異能を知るために処理を任せ、神無は見事にそれをやり遂げた。その上、神無の異能が功を奏し、異形化している咎人も、本来の姿を取り戻せた。

「問題は、その後だね」

「俺達が離れている隙に、その咎人が襲撃に遭った……」

「そう。『咎人狩り』に」

咎人狩り。それは、例の男がバラバラになる直前に発した言葉だ。

「御影君に、心当たりは」

「ある」と御影は頷いた。

「あんなことが出来るなんて、異能使いしかありえない。やっぱり、咎人の仕業？」

「当たりだよ」

正解を導いた神無に、御影は嬉しそうに微笑んだ。だがそれもすぐに、真面目な表情に戻る。

「僕は遭遇したことがないのだけど、反社会的な行為を働いている者を、処刑して回っている咎人がいるようでね。咎人狩りが現れたと思《おぼ》しき現場には、たいてい、刀傷を負った死体が転がっているという話を聞いたのさ」

「俺達が目撃したのも……」

神無は固唾《かたず》を呑む。

「刀傷を負っていた。どんな異能を持っていても再生出来ないように、滅多切《めったぎ》りにされていたね」

「……反社会的な行為、か」

「麻薬の取引は正しくその通りだ」

「ああ……」

神無はうつむく。そんな彼の顔を、御影はそっと覗き込んだ。

「君も、気を付けて。連続殺人犯『令和の切り裂きジャック』は、恐らく咎人狩りの対象だから」

「……その、令和のってつけないで。ダサくて嫌い」

「失敬」

口を尖《とが》らせて不貞腐《ふてくさ》れる神無に、御影はくすくすと笑った。

「兎《と》に角《かく》、この屋敷にいる限りは安全だと思うけれど、外出する際は注意して。君が望むなら、僕はいつでも君に同行するから」

神無の筋張った手に、御影が手を重ねる。ひんやりとしているが、滑らかな指先は、触れているだけでも心地がよかった。

「この歳で、保護者同伴はちょっとね」

「咎人としてはゼロ歳なんだから、僕を頼って」

冗談めかす神無に、御影は慈しみ深い笑みを向ける。その笑顔を見ると、神無は冷えた心の奥が、じんわりと温められるような感覚を抱いた。

「御影君は……」

「うん？」

「どうして、咎人に？」

時折、得体の知れない一面を見せるものの、御影は基本的に、紳士的で優しい。そんな彼が咎人に堕ちる理由が、神無には分からなかった。

「それは――」

御影は、自らの右目を覆う眼帯に触れる。

「すごく個人的なことで、道を踏み外してしまったのさ。君が切り裂きジャックならば、僕はカインだ」

それっきり、御影は黙ってしまった。神無もまた、彼にかける言葉を失っていたのであった。

カインとアベル。

それは、『旧約聖書』の『創世記』の話だった。

アダムとイヴの息子である、カインとアベル――二人の兄弟は神に供物を捧《ささ》げた。しかし、神は兄のカインの供物を無視し、弟のアベルの供物を選んだ。嫉妬をしたカインは、アベルを殺害する。これが、人類最初の殺人となった。

「このカインのこと言ってるんだったら、御影君は……」

数日経《た》ったある日、神無は、屋敷の書斎にあった『旧約聖書』に目を通していた。

御影は、何を以《もっ》てして自らをカインと称したのか。彼には弟がいて、嫉妬から弟を殺害してしまったとでもいうのだろうか。

「でも……」

神無は『旧約聖書』を閉じると、本棚に戻す。

御影がどのような罪を犯したとしても、今、神無と接している御影が変わるわけではない。

神無に手を差し伸べ、凶行の原因となった過去の因縁を共になぞり、慈しみに満ちた笑顔をくれた事実は、変わらないはずだ。

そして、彼が神無の衝動の抑止力になっているということも。

神無は疑念に蓋をすると、書斎を後にする。

するとその時、廊下をアワアワと走るヤマトに遭遇した。

「あわわわ、これはいけない」

「どうしたの？」

「ああっ！　神無様！」

ヤマトは神無の下までやって来ると、その場にくずおれる。

「どうか……どうか、わたくしの懺悔《ざんげ》を聞いて下さい」

「は？　俺は神父サマとかじゃないんだけど」

そう言いながらも、神無はしゃがみ込んでヤマトの目線に合わせる。

「で、どうしたのさ」

「実は、御影様に嘘を吐いてしまったのです……」

ヤマトは、泣き崩れながら説明する。

「御影様が、今日の夕飯はだし巻き卵を作りたいとおっしゃっておりまして」

「ずいぶん和風だね。まあ、偶にすごく家庭的な料理を作ってくれるけど」

屋敷の料理は、御影が担当していた。洋食だろうが和食だろうが、中華だろうが、彼は難なくこなしてしまう。難点といえば、リクエストはあまり聞いてもらえず、その日の彼の気分で献立が決まることか。

「御影様は、お料理やお裁縫など、手作り全般がお好きなようで」

「みたいだね。まあ、美味しいからいいけどさ」

それに、幼少期からコンビニ飯やカップ麺ばかりの生活をしていた神無にとって、御影の手料理は新鮮なものだった。今まで与えられなかったものを恵んで貰い、渇いていた心が満たされていくようだった。

「で、そのだし巻き卵に何か問題でも？」

「御影様は、わたくしに問われたのです。卵はあるかと」

「ふむふむ」

「わたくしはありますと答えました。しかし、実際には無かったのです」

「へぇ」

あるあるだな、と神無は相槌を打つ。しかし、ヤマトは涙目で縋り付いてきた。

「わたくしは！　嘘を吐こうと思ったわけではないのです！　ただ、冷蔵庫の中身を把握していなかっただけなのです！」

「分かった、分かった。でも、そのくらいだったら御影君は許してくれるんじゃない？」

「御影様は許して下さるでしょう。しかし、それと同時に悲しまれると思うのです」

「まあ、だし巻き卵が作れないしね」

「あああああっ！　わたくしは何たる大罪を犯したのでしょう！」

ヤマトは、床に突っ伏して泣き始めた。ヤマトの醜態に、神無は痛む頭を押さえる。

「つまりは、御影君を悲しませたくないってワケ」

「その通りです……」

「卵買ってきたら？　夕飯まで、まだ時間があるし」

「その時間まで、他の仕事をしなくてはいけなくて」

「あー、なるほど」

神無は納得したように頷くと、さめざめと泣いているヤマトの頭を、ポンと撫でた。

「それじゃあ、俺が行ってあげる。貸し一つね」

「神無様！」

ヤマトはガバッと顔を上げると、大きな瞳をキラキラさせた。

「フツーの卵でいいんだよね？　高級食材だと、何処で売ってるか分からないんだけど」

「ええ。スーパーの十個一パックで売っている卵を買って来て下されば」

「おっけー」

神無はひらひらと手を振ると、身支度をすべく、自室へと向かったのであった。

神無はすっかり慣れた様子で門をくぐり、外界へと繰り出す。

そこは、土地勘がある池袋だった。建ち並ぶビルの向こうに、サンシャイン六〇が窺える。

「卵十個入りか。その辺のスーパーに売ってるかな?」

コンビニには無かった気がする、と記憶の糸を手操りながら、近くにあるスーパーへと足を向けた。

空はすっかり、夕日の色に染まっている。

太陽の光は、東からやって来る夜に少しずつ掻き消されていった。頭上を走る首都高の高架が生み出す影が、随分と濃くなっている。

「逢魔《おうま》が時《とき》……か」

昼と夜の境界のその時間は、魔物に遭い易いという。しかし、今や自分が魔物の方に近いとは。

神無は目的地に向かう途中で、公園を横断する。サンシャイン六〇の隣にある公園は、昼間はチラホラと人が窺えるが、今はすっかり人気がなくなっていた。

その昔、その公園には巣鴨《すがも》プリズンと呼ばれる監獄があったのだという。死刑場もあったようで、慰霊碑がひっそりと建てられている。

心霊スポットだと囁く人間もいるようだが、今の神無にとって、霊の類は恐れるべき対象ではなかった。

それよりも、嘗《かつ》てはここに罪人とされた人々がいたのだという事実が、神無をなんとも奇妙な気分にさせていた。

ベンチには、誰かが置き忘れたと思《おぼ》しき飲み物が寂しそうに佇んでいた。

「何だよ、あれ。タピオカがまだ残ってるじゃん」

注文したものの、思いのほか量が多かったのか、それとも、写真だけ撮って廃棄してしまったのか。いずれにしても、飲み物にとってはいい迷惑だと神無は思った。

だが、その時であった。

プラスチックの容器に映り込む自分の他に、人影を捉えたのは。

「――っ！」

神無は、反射的に飛び退く。その瞬間、彼がいた場所に、鋭利な切っ先が振り下ろされた。

「なっ……！」

誰もいなかったはずの公園に、漆黒の影が現れた。

「流石の反応だ。『令和の切り裂きジャック』！」

「『令和の』ってつけるな！」

突如現れた人影が手にしているのは、日本刀だった。濡れたように艶めいた刃が、神無を捉えんと閃《ひらめ》く。

「くっ！」

返された刃を、神無はすんでのところで避《よ》ける。切っ先に触れた前髪があっさりと切り離され、黄昏《たそがれ》の空へと吸い込まれるように消えた。

闖入者は、影のような人物だった。

真っ黒なライダースーツに身を包み、ただ一点、胸元のスカーフだけが赤かった。

日本刀、刀傷。神無の脳裏で、その二点が結びついた。

「まさか、『咎人狩り』か！」

神無は、自らの首筋にある聖痕に意識を集中させる。すると、彼に応えるかのように、聖痕が燃え上がるように熱くなった。

神無は懐からサバイバルナイフを抜き出すと、自分に目掛けて繰り出される切っ先を弾く。

「ほう……！」

咎人狩りは感心したように声をあげた。

神無はその隙に攻めようとするが、咎人狩りの切り替えは早かった。ナイフで応戦する神無を試すように、斬撃を繰り出す。

「くそっ……、ウザイっての！」

神無は咎人狩りの切っ先をナイフで搦《から》め捕《と》ると、斬撃の力を受け流して弾いた。咎人狩りは息を吞みつつも、たたらを踏んで神無と距離を取る。

「弱者ばかり狙うチンピラかと思えば、なかなか使えるじゃないか」

咎人狩りは賞賛にもとれる言葉を贈りつつ、神無を見据える。その姿に、神無は目を疑った。

漆黒のライダースーツに身を包んでいたのは、若い女だった。まだ成人して間もない、神無と同じくらいの年齢だろう。

烏羽玉《うばたま》の髪をなびかせ、凜々《りり》しい顔立ちを厳格に歪め、神無をねめつける。

「だが、貴様の所業は下衆《げす》の下衆だ。罪のない婦女子を何人も手に掛けた畜生が！」

咎人狩りは吐き捨てるように言い捨てる。それについて、神無は弁明しなかった。

「……被害者の中に、君の知り合いがいたワケ？」

「いいや。私は被害者の知り合いから依頼を請けている。私の本業は、復讐《ふくしゅう》屋だ」

「依頼？　殺し屋と同じじゃない」

「違うな。私が個人的に許せないと思った者しか狙わない」

「正義の味方ってわけ？」

神無は問う。

質問を投げかけながら、彼は反撃か逃走の機会を窺っていた。

しかし、咎人狩りの瞳は、真っすぐ神無を映したまま、微動だにしない。少しでも妙な動きをすれば、彼女が手にする日本刀が閃くだろう。

「正義の味方か、それとも別のものと取るかは、貴様次第だ」

「君も、咎人なんでしょ？」

「ああ」

咎人狩りは、包み隠さずに頷いた。

「悪い奴《やつ》を裁いてるのに、どうして咎人に堕ちてるのさ。咎人って、罪を犯した奴が堕ちるんじゃないわけ？」

「それは――」

咎人狩りの目が、一瞬だけ伏せられる。

反撃か逃走の二択で、神無は反撃を選んだ。背を向ければ、追撃をかわせない可能性がある。ならば、先《ま》ずは武器を叩き落とそうと。

神無は踏み込み、咎人狩りの利き腕を狙う。

だが次の瞬間、視線を上げた咎人狩りと目が合った。

「それは、我が私怨が混ざった私刑だからだ」

「しまった……！」

フェイントだった。

そう気づいた時には、もう遅い。咎人狩りの間合いに、すっかり入っていた。

「我が怒りに、その身を焼かれろ！」

咎人狩りの迷いなき一閃《いっせん》が、神無の身体を切り裂く。鮮血が宙に舞い、神無の身体は地面に放り出された。

「がっ……はっ……」

手から零《こぼ》れ落《お》ちたナイフを、咎人狩りが踏みつける。彼女が手にした日本刀の刀身は、真っ赤な血に濡れて妖しく輝いていた。

「これが、岩をも斬る我が一太刀《ひとたち》――『鬼儺《おにやらい》』の威力だ」

それは、間違いなく港で咎人を斬った一閃だった。

「貴様が起こした連続殺人事件を知った時から、私は貴様をこうしてやりたかった」

神無は立ち上がろうとするものの、力が入らなかった。

腹部が異様に熱い。その熱が喉まで込み上げて来て、二、三回咳《せ》き込《こ》む。口の中に、鉄錆《てつさび》のにおいが充満した。神無が吐き出したのは、大量の血だった。

力の抜けた指先で腹を探ると、ぬるりと生温《なまぬる》いものに触れた。

血か。いや、これは――。

「自らの腹を裂かれた気分はどうだ、切り裂きジャックよ」

刀から血を滴らせながら、咎人狩りは冷酷に言い放った。

利き手の手の甲には、燃えるような色の聖痕が浮かんでいる。描かれた図形は、憤《ふん》怒《ぬ》の炎のようにも見えた。

「貴様がどんな意図を以て、無力な女達の腹を裂いたのかは知らない。だが、貴様らのような下衆は、標的は誰でも良かったと言いながら、自分より弱いものを手に掛けようとする。――そうだろう？」

神無は、何とか逃れようと力を振り絞り、右手を支えに地を這おうとする。だが、その右手は、咎人狩りのブーツが踏みつけた。

「くっ……！」

「今はどんな気分だ、卑怯者《ひきょうもの》よ。命乞いでもしたくなったか？」

咎人狩りのブーツは、更にきつく神無の手を踏みにじる。

「だが、貴様は命乞いをした女達も、自らの欲を満たすために殺したのだろう？」

「それは……」

神無は、意識が急速に薄れていくのを感じた。それと同時に、自分の血が地面を濡らし、そこに倒れている自分をも濡らしていくのがよく分かった。

(これが、俺の罪に対する罰か……)

因果応報という言葉が頭を過る。自分に相応しい末路だと、神無は霞《かすみ》がかった意識の中で思った。

だが、それと同時に、御影の顔が思い浮かぶ。

自分がここで息絶えたと知ったら、彼はどんな顔をするだろうか。

彼は、神無を愛していると言っていた。その言葉が、偽りでないことを願う自分がいた。

それが真実ならば、そこにずっと探し求めていた答えがあるというのに。

(駄目だ……)

咎人狩りのブーツの下の、神無の手に力がこもる。咎人狩りもそれに気づき、

「む?」と声をあげたその時だった。

「なにを、しているの?」

いつの間にか、夜の帳がほとんど降りていた。

夜の色に染まった公園に、黒衣の人物が降臨する。ゴシック調の服に身を固め、眼帯をしたその人物は――。

「みかげ、くん……」

神無の口から、掠れた声が漏れる。大量の血と浅い呼吸に邪魔をされ、それはほとんど声にならなかった。

御影は、相変わらずの笑みを湛えている。その微笑は残酷なまでに美しく、恐ろしいほどに穏やかであった。

「僕の大切な子を、踏みつけているのは誰？」

子守歌でも歌うような声で、咎人狩りに問う。

彼女は、あまりにも場違いなその口調にただならぬものを感じてか、神無の手から足を離し、御影に向き直った。

「貴様は、この男の保護者……か？」

どう見ても神無よりも年下の御影に、戸惑いを隠せぬまま咎人狩りは問う。御影は、微笑みながら頷いた。

「そういう君は、咎人狩りだね？　まさか女性だったとは。さしずめ、聖戦に身を投じるジャンヌ・ダルクといったところかな」

「……キザな少年——いや、男か」

咎人狩りは、何かを悟ったように目を細める。

「ねえ、ジャンヌ」

夜風のように密《ひそ》やかな声で、御影は語り掛けた。

「これ以上君が彼を傷つけるというのならば、君の純潔を血で穢さなくてはいけない」

「私は復讐を遂げる者！　やれるものなら、やってみるがいい！」

咎人狩りは、御影に刃を向ける。それを見て、御影は小さく溜息を吐いた。

「そうか。残念だよ」

御影から、一切の笑みが失せた。

それと同時に、頬に聖痕が浮かび上がり、妖しく輝き出す。周囲を照らしていた街灯が、ジジッと音を立てて点滅し始めた。

「君のことを、何故ジャンヌと呼んだか分かるかい？」

御影は、咎人狩りにステッキを向ける。咎人狩りは、「知ったことか！」と睨み返した。

「それは、君を火刑に処すという予告さ」

御影はステッキを振るい、歌うように唱え出す。

「我が血盟により従え、文明を生み出したるプロメテウスの光よ。汝《なんじ》らとともに、我が障害を焼き尽くさん」

途端に、街灯がふっと消えた。辺りを、純粋な夜の闇が覆い尽くす。

だがそれも、一瞬のことだった。

すぐさま、御影の周囲がぼんやりと明るくなる。まるで街灯の光が生まれ変わったかのように、虚空から炎が生まれたのだ。それらは蠟燭《ろうそく》の炎のように、御影の周りを照らし出す。

小さな炎達に、御影は妖しく微笑んだ。

「おいで。――愛してあげる」

艶めかしく動く唇を照らしていた炎は、我先にと御影の下へ集まる。御影はステッキを振るって巧みにそれらを搦め捕り、炎を大きく成長させていった。

「……あれは」

咎人狩りは危機感を覚えたのか、御影に斬りかからんと地を蹴った。

「標的ではない者を斬るのは本意ではないが、火あぶりは御免だからな！」

咎人狩りの切っ先が、御影に襲い掛かる。しかし、御影はただ、ステッキを一振りしたただけだった。

刹那、御影の周囲を囲むように、炎の壁が形成される。

「なっ……」

辺りは真昼のように明るくなる。炎は、容赦なく咎人狩りの往《ゆ》く手を阻んだ。

「くそっ！」

咎人狩りは飛び退く。しかし、御影の真紅の瞳は、彼女をしっかりと捉えていた。

「驕《おご》れる聖女に火刑を。──『火焔乱舞《エクスプロードイリュージョン》』」

御影を囲っていた炎は幾つかの火球になり、跳ね回るように咎人狩りへと飛んでいく。

「このっ……！」

咎人狩りは火球を一つ切り伏せるものの、他の動きを捉えることは出来なかった。

「くっ……！」

火球は彼女の刀に触れた瞬間、刃を焼き尽くさんと燃え広がる。彼女の代わりに炎に包まれた刃は、熱に蝕まれてあっという間に輝きを失っていった。

「これ以上、やるつもりかい？」

御影は冷ややかに問う。咎人狩りの刃はボロボロと崩れ落ち、勝敗は誰が見ても明らかだった。

「おのれ……。この借りは、必ず返す！」

咎人狩りは御影をねめつけたかと思うと、炎を振り払いながら闇の中に消えた。

火の粉が舞う中、御影はそれを見送ることなく、倒れている神無に駆け寄る。

辺りはすっかり静かになり、街灯の明かりも二、三度点滅したかと思うと、元に戻る。

「神無君！」

「――み……」

神無は、薄れゆく意識の中、御影の名前を呼ぶ。

しかしそれは、声にならない。

神無の指先の感覚は、既に無かった。そんな彼の頬に、温かい何かが落ちる。

「可哀相に……」

御影は座り込み、神無のことを見つめながら声を震わせていた。

頬に落ちたのは彼の涙なのだと、神無は悟る。

「……泣かないでよ……」

血が溜まった口から、辛うじてそんな声が漏れる。これは自分に相応しい罰なのだから、君が涙を流す必要はない、という気持ちが込められていた。

しかし、御影の涙は止まらない。温かい雫《しずく》を幾つも零し、神無の頬を濡らした。

ひどい有様だというのに、神無はそれが心地よかった。誰かが自分のために涙を流してくれることが、こんなにも幸福なことだとは思わなかった。

神無は安らかな気持ちで瞼《まぶた》を閉ざし、意識を手放したのであった。


神無は、在りし日のことを思い出していた。

ケイはよく、終電を逃しては神無の家に泊まっていた。そんな時は、決まって酒を呷《あお》りながら、くだらないお喋りをしつつ対戦ゲームをしていた。

「あのさ。愛ってなんだと思う」

「なんだよ。藪《やぶ》から棒《ぼう》に」

コントローラーを握り締めてテレビ画面に釘付けになりながら、ケイは問う。神無もまた、コントローラーのスティックを弄ぶように操作しながら答えた。

「何となく、気になって」

「ふーん。まあ、愛って一言で言っても、色々あるけどな。恋愛とか博愛とか、家族愛とかさ」

「俺達は？」

「友情」

「わかりみある」

即答するケイに、神無もまた頷いた。

神無もケイも、お互いに踏み込ませない一線を持っていたし、お互いにそれを侵すまいと思っていた。

「愛し愛されるって、どういうことなのかなと思ってさ」

「うーん……」

神無の問いに、ケイは困ったように唸る。そうしているうちに、対戦ゲームは神無の方が有利になっていた。

「言葉で表現し難いな。そもそも、愛って言葉に出来るようなものじゃないと思うんだ」

「へぇ」と、神無は続きを促すように相槌を打つ。

「愛に自信がない奴ほど、愛を口にするんだと俺は思うぜ。そうやって、空っぽな心で相手を縛ろうとするんだ」

ケイがそう言い終わるか否かのタイミングで、神無のプレイヤーキャラクターがケイのプレイヤーキャラクターをノックアウトする。ケイは、「あーっ」と声をあげながらコントローラーを放り投げた。

「お前が変なこと聞くから！」

「聞かなくても、俺が完勝してたし」

これで、十二勝ゼロ敗ね、と神無は言い放ち、コントローラーを置いた。

「空っぽな心で、ね……」

「なんだ、心当たりがある顔しやがって」

「別に」

神無は素っ気無く答えると、ケイと自分の空いたグラスを手にして、キッチンへと向かった。

「見分ける方法とか、あるわけ？」

「そうだなぁ……」

ケイはコンピューターを対戦相手にしながら、ゲームを続ける。

「女は背中を、男は涙を見て判断しろ」

「逆じゃない？」

「甘いな。女は嘘の涙を流すことが出来るし、背中がみみっちいのは男じゃねぇ。普通は見せないところを見せた時こそ、相手の本心が分かるのさ」

「ふぅん……」

ケイの持論をイマイチ呑み込めず、神無は生返事をしただけだった。

しかし、今なら分かる。

向けられた愛情の種類がなんであれ、御影が見せた涙こそ、彼の本音だと確信したのであった。

消毒液のにおいがする。

ぼんやりする頭で、ここは病院だろうかと思いながら、神無は目を覚ました。

（いや、俺の部屋か……）

それなりに見慣れた白い天井が目に入った。頭が沈み込むくらいの枕の感触は、紛れもなく御影が用意してくれたものだった。

「うっ……」

起き上がろうとするが、身体が思うように動かない。腹部に鈍い痛みが走り、神無は表情を歪めた。

「起きたか」

知らない男の声に、神無は身構える。

やたらと広いベッドの傍に、白衣の男が座っていた。御影と同じく、色が抜けたような白い髪と赤い瞳の、若い男だった。

「……あんたは？」

「医者だ」

男は簡潔に答えた。彼は、都築《つづき》と名乗った。

「医者ってことは、俺は……」

神無は、寝間着の上から腹部に触れようとする。だが、都築はそれをやんわりと制した。

「縫合したとはいえ、まだ完全に塞がったわけではない。触るな」

「はみ出してた内臓、腹の中にぶち込んでくれたんだ」

サンキュ、と神無は辛うじて動く右手をひらひらさせる。その軽いノリに、都築は一瞬だけ顔をしかめたが、澄まし顔でこう言った。

「飲酒はしているようだがほどほどで、喫煙の形跡はほとんどない。比較的健康な内臓だったから、丁寧に入れておいた。感謝するといい」

「不健康だったらどうなってたワケ……？　怖っ……」

神無は、軽く身震いした。

「それに、そいつの依頼だったというのもある」

都築は、ベッドの反対側を見やる。するとそこには、御影がいた。神無に寄り添うようにして、彼は小さく寝息を立てている。

「そいつは、お前が目覚めるまでついていると聞かなくてな」

「……子供みたいな寝顔しちゃって」

神無はそっと手を伸ばし、御影の前髪に触れる。すると、御影は「んっ……」と心地よさそうに身じろぎをした。

「都築センセは、御影君のかかりつけ医ってところ？」

「ああ、そうだ」

「咎人専門の医者って感じ？」

「口数の多い奴だ」

都築は神無をねめつけるが、それも一瞬のことだった。「そんなようなものだ」と、律儀に答える。

「咎人だけでなく、主に人ならざる者を診ている」

「センセも訳あり？」

「……そうだな」

「そっか」

神無は、それ以上踏み込まなかった。都築が答えるとも思えなかったし、興味本位で踏み込む必要もないだろうと思ってのことだった。

「俺、死にそびれちゃったか」

神無は苦笑する。

「センセと御影君には悪いんだけどさ、俺に死んでほしいと思ってる連中はごまんといるし、いっそのこと死んじゃった方が、世間のためになるんじゃないかなって」

神無の言葉に、都築は御影を見つめながら答えた。

「お前にとっての世間が、そいつよりも大きければ、救われた命を捨てるのも選択肢の一つだろう」

俺は仕事をしただけだ、と都築は自身を度外視するように促す。

「そいつは、お前よりも長い時間を生きている」

「……だろうね」

今は外見年齢相応の表情で眠っている御影を眺めながら、神無は頷く。

「そんなそいつは、泣きじゃくりながら俺に連絡を寄こした。お前を助けて欲しいと、膝をついて首《こうべ》を垂れて懇願していた。俺は医者だから、そんなことをしなくても施術をするというのに」

「御影君が、そんなことを……」

どんな時でも余裕で、圧倒的な実力差を見せつけて咎人狩りを退け、常に何処となく上から目線の彼が、まさか自分のために動揺し、プライドを投げ捨てていたとは。

神無は俄に信じられなかったが、自分のために身を投げ出す御影の姿は、容易に想像出来た。

神無が意識を失う間際に見せた、あの涙があったから。

「お前にとってのそいつと、世間。どちらが重要か、よく考えておくことだな」

都築はそう言って立ち上がると、踵を返して出口へと向かう。

「なあ、センセ」

「なんだ」

「俺は、あと何日安静にしてればいい？」

「お前の怪我の経過を見る限りでは、あと一日安静にしていればいい。明後日、抜糸をしに来ると、そいつに伝えておけ」

都築は、眠っている御影をちらりと見やりながらそう言った。

「あと、一つ聞きたいんだけど」

「手短に頼む」

都築はドアノブに手をかけながら言った。

「御影君に……感謝のハグするのはさ。抜糸後の方がいいよね……？」

照れくさそうに、消え入りそうな声で尋ねる神無に、都築は一瞬だけ目を丸くする。

だが、ふっと微笑ましそうに目を細めて答えた。

「そうだな。その時に、存分に感謝を伝えてやれ」

都築はそう言い残して、神無の部屋を去って行った。廊下から聞こえる足音が完全に消えると、神無は深い溜息を吐く。

「おはよう」

「うわっ!?」

突如聞こえた御影の声に、神無は思わず声をあげる。眠っていると思われていた御影は、しっかりと目を開けて神無のことを見つめていた。

「起きてたの？　黙って聞いてるとか、趣味悪くない？」

神無は、気まずそうに目をそらす。

「今起きたんだよ」

御影は相変わらずの笑みを湛えながら、ゆっくりと身体を起こした。

「僕が都築先生に土下座した話は、聞いてないから」

「聞いてるじゃん……」

呻く神無のすぐそばに、御影は腰かける。ベッドの軋む音が、御影の存在を間近に感じさせた。

「俺、どれくらい眠ってたの？」

気を紛らわせるために、神無は問う。「丸一日くらい」と御影は答えた。

「そっか。……心配かけて、ごめん」

「ううん。気にしないで」

御影は微笑む。しかし、その表情は苦笑に変わった。

「先生は、君が死んでもおかしくない状況だったって言ってた」

「……だろうね」

咎人狩りの一閃は、確実に致命傷を負わせていた。大量の出血と、地に投げ出された臓物のことを考えると、今生きている方が不思議なくらいだった。

「皮肉なものだね。君の罪の重さが、君の命を取り留めたんだ」

「俺の、罪の重さが……？」

おうむ返しに尋ねる神無に、御影は目を伏せるように頷いた。

「君には、追い追い話そうと思ってたんだけどね。まさか、こんなタイミングで伝えることになるなんて」

「いいよ。言って」

神無は、御影を促す。御影はそれに背中を押されたように、重い口を開いた。

「咎人は、罪が重くなればなるほど、死に難くなる」

その言葉に、「えっ」と神無は耳を疑った。

「それって……、むしろメリットなんじゃあ」

しかし、御影は首を横に振る。

「正確には、罪の重さだけ苦痛を味わわないと、死ねないんだ。罪の清算が終わるまで、現世に留《とど》まらなくてはいけない。その形は様々で、今回のように、傷が治癒するとも限らない」

傷が治癒しないまま、罪の清算が終わって息絶えるまで、苦痛を味わい続けるかもしれない。苦痛に耐えられず、本来の形を失って異形化するかもしれない。

「都築先生が適切な処置をしてくれれば、罪を清算するシステムが上手く作用し、傷の治癒に繋がるかもしれないと思ってね。それで、是が非でもと頼んだのさ」

「そう……だったんだ」

「あの状態で、君が正気を失わなかったのは幸いだった。正気を失っていたら、君の姿を保てないかもしれなかったから……」

　御影は、神無の存在を確かめるように、彼の手に自らの手を重ねた。御影の手はひんやりとしていたが、その感触は優しかった。

（俺が正気を失わなかったのは、御影君のお陰だ）

　その一言を口にする勇気は、神無にはなかった。

　あの時の御影の涙があったからこそ、神無の心から恐怖や不安が取り除かれ、安らかな気持ちだけが残ったのだ。

「何にせよ、君とまたこうして話せるのは、本当に良かった」

　御影は、心底嬉しそうに微笑んでいた。神無はその視線が気恥ずかしくて、目をそらしてしまう。

「あの、さ」

「うん？」

「俺の血、吸わなくて大丈夫？」

神無が尋ねると、御影は目を丸くした。

「こんな状況なのに、僕の心配をしてくれるの？」

「だって、なんかすごい魔法を使ってたみたいだしさ。渇いてるんじゃないかと思って」

「ああ、あれか」と、御影は懐かしいものを思い出すように言った。

咎人狩りに放った驚異的な力。神無にとって、あれは魔法という表現以外に思いつかなかった。

「ゲームとかアニメのキャラクターみたいな呪文を唱えちゃってさ。ビックリしたよ」

「あれは僕の異能の一つを利用したものさ。君が呪文って言っているものは、言霊《ことだま》信仰を利用して術を構築するシステムでね。言霊にすることで、概念的な存在を物質世界に具現化しているんだよ」

数式や化学式を使って、万物の理《ことわり》の道筋を導くのと似たようなものだと、御影は言った。

「まあ、本来は日本の神々の力を借りた方がいいんだろうけど、僕が西洋文化に傾倒していうから、自然と西洋風のスタイルになってしまうのさ」

「あ……そう……」

神無にとってなかなか難解な話だったので、理解することは保留にした。

「魔法の講義の前に、御影君のことを教えてよ」と先ほどの問いの答えを乞う。

「大丈夫。君と回収した血を飲んだからね。しばらくは平気」

「あんなの飲んじゃったんだ……」

どす黒いタールのような血と言えるのかすら怪しい代物を思い出し、神無は申し訳なさそうな顔をする。

「君と会うまでは飲んでいたものさ。気にしないで」

「……俺の血、今、飲みなよ」

神無は、自らの首筋を御影に晒す。既に噛み痕が完全に消えている、白い首筋を。

「君に、お礼もしたいしさ。あと、お詫《わ》びも。だから、存分に飲んで。迷惑をかけた分、酷くしていいから」

御影は、自らを差し出す神無をじっと見つめる。

しかし、白いシーツに散った赤い髪をそっと掬い、神無の頭を優しく撫でたかと思うと、慈しみ深い微笑を向けた。

「酷くして欲しいのは、君の願望？　何らかの形で贖罪《しよくざい》をしたいという……」

「……そうかも」

本心を見抜かれた神無は、気まずそうに目をそらした。

「君の気持ちは受け取ったよ、有り難う。でも、全ては君が完治してからだね」

御影はそう言って、神無に毛布を掛け直す。無防備な首筋を、隠してやるかのように。

「僕としては、謝罪とお礼は君のハグでいいんだけど。強く抱きしめてよ。窒息してしまうほどに」

「……考えておいてあげる」

神無はそう言って毛布の中に潜り込むと、再び意識を手放したのであった。

抜糸が済み、調子が戻った神無が向かった先は、サンシャイン六〇の隣にある公園だった。

昼が去り、夜が訪れる境界の時間。街灯が次々と点灯する中、飲み物が置きっ放しだったベンチには、何も置かれていなかった。

そのベンチの上に気を取られていた、一瞬のことだった。

神無の視界に、鋭く輝く刃がぬっと現れる。背後からは、突き刺さるほどの殺気を感じていた。

「私を呼び出すとは、いい度胸だ」

その声は、あの咎人狩りのものだった。待ち人が来たことに、神無は覚悟を決める。

「復讐屋をやってるって言ってたからね。ネットで依頼を請けているんだと思って」

「それで、私のアカウントにコンタクトを取って来たというわけか。『切り裂きジャック』の名で」

「君が見たら、飛んできてくれると思ってさ」

神無は、物怖《ものお》じしない様子で肩を竦める。

「どういうつもりだ。あのキザな男は見当たらないようだが」

「俺一人で来たからね」

背後にいる咎人狩りと、神無は向き合う。咎人狩りは刀を構えたままだったが、神無に斬りかかったりはしなかった。あの御影に焼かれた刃は、輝きを取り戻している。

打ち直したのだろうか。

「私に斬られに来たのか」

「そうだと言ったら？」

　咎人狩りは、胡乱《うろん》な眼差《まなざ》しを向ける。

「マゾヒストか、貴様は」

「そうだとしたら、こんなことはしていないね」

　神無は鼻で笑ったかと思うと、ジャケットを脱ぎ、シャツをめくって腹部を晒した。

　均整がとれた肉体には、うっすらと赤い傷跡が残っている。しかしそれは、とっくの昔に過去になった古傷のように、生々しさはない。

「ここ、君が暴いたところ」

「覚えている」

「お医者さんの話によると、俺は再生力が高いみたいでね。安静にしたらこの通りだ」

　神無は傷を隠すと、挑戦的な眼差しを咎人狩りに向ける。その視線に、咎人狩りは睨み返すことで応えた。

「貴様は、その強靭《きょうじん》さを私に自慢しに来たのか？」

「いいや。死に難い身体ということは、君の仕事を存分に出来るんじゃないかと思ってね」

「まさか……」

咎人狩りは、神無が言わんとしていることを察したのか、驚愕《きょうがく》のあまり目を丸くする。

「そう。拷問も何も、やりたい放題ってわけ。俺が手を下した人の数だけ、その刃で切り裂くことだって出来る。復讐は、相手が死んだら終わりでしょ？　だけど、俺はすぐに終わりにならない。気の済むまで、付き合うことが出来る」

「……何を考えている」

咎人狩りは、警戒するように刃を構え直す。神無は、真っすぐ彼女を見据えながら答えた。

「贖罪」

その一言が、徐々に夜に染まる公園内に響く。

「俺が同じ目に遭ったからって、俺が手に掛けた人間が帰って来るわけじゃない。だけど、俺が出来るのはこれくらいしかないでしょ？」

「……どんな心境の変化だ」

「さあ？　ただ、自分のケツが拭けないのって、カッコ悪くない？」

神無は肩を竦める。その様子を、咎人狩りは無言で見つめていた。

「で、どうするの？　俺は抵抗しないつもりだけど」

「……ふん」

無防備な神無を前に、咎人狩りは刃を下ろす。

「……貴様を苦しめても、貴様と同じになる。貴様に良心の呵責《かしゃく》があるというのなら、未来永劫《えいごう》それに苛《さいな》まれるがいい」

頭を振る咎人狩りに、今度は神無が驚く番であった。

「君……」

「東雲《しののめ》」

「えっ？」

「私はそう名乗っている」

東雲と名乗った咎人狩りは、腰に下げていた鞘《さや》に刀を収める。

「えっと、……俺は神無って名乗ってる」

「覚えておこう」

東雲はそう言うと、踵を返して去っていく。

神無は、その背中が見えなくなると、深い溜息を吐いてへたり込んだ。

「お疲れさま」

背中に掛かった聞き慣れた声に、神無はびくりと身体を震わせる。振り返ると、夜の帳を背負った御影が立っていた。

「どこから見てたの。人が悪いね」

「咎人だからね」

苦笑する神無に、御影は微笑み返した。

「君の覚悟、彼女に伝わったようで良かった。僕が出る幕もなくて何よりだよ」

「あそこで保護者が出て来たら、カッコつかないから」

「また大怪我をしたら、都築先生にお説教されそうで、ヒヤヒヤしたよ」

「……あのセンセ、怒ったら絶対怖いでしょ」

「そうならなくて良かった。……ほら」

地面に腰を下ろしたままの神無に、御影がそっと手を差し出す。一瞬だけ躊躇《ちゅうちょ》するものの、神無はその手を取った。

「帰ろうか。何か、食べたいものはある？」

「ハンバーグ」

珍しくリクエストを聞く姿勢の御影に、神無は即答した。

「これから作るから、夕食はゆっくりになるかも」

「いいよ。俺も手伝うから」

ひんやりとした夜風が頬を撫でる。その心地よさに、神無は思わず顔を綻ばせたのであった。

3

Criminal Stigmata

カインと串刺し公の因縁

教会のステンドグラスから射《さ》す光が、二つの影を照らしていた。

それは、無垢な少年達であった。同じ顔と、同じ背丈、そして、同じ格好の二人が向かい合わせになる様は、差し詰め鏡のようであった。

漆黒の髪に、黒曜石のような瞳。そして、雪花石膏《アラバスター》のような無垢な肌に、薔薇の花びらのような唇を持つ彼らは、お揃《そろ》いになるように作られた陶器人形のようでもあった。

お互いが手にしていた指輪を、陶器のような薬指にそっとはめる。

おもちゃの指輪を使った他愛《たあい》のないごっこ遊び。それでも、彼らにとってそれは重要な儀式だった。

「これで、僕達は結ばれたんだね、兄さん」

「元に戻った、というべきかな」

兄と呼ばれた少年は、慈しみすら漂う表情で穏やかに微笑む。

「僕達は元々一つだった。だから、繋がっていることが本来の姿なのさ」

「そうだね」

瓜二つ《うりふた》の二人。誰が見ても、一卵性双生児であることは容易に知れた。

「ねえ、刹那《せつな》。僕はいつでもお前の傍にいるよ。だから、どんな時でも僕を頼って」

「ありがとう、兄さん」

兄と呼ばれた方は、困ったように笑う。

「いつからだろうね。お前が僕を兄と呼ぶようになったのは。僕の方が早く母さんの胎内から出たらしいけれど、命を授かったのは同時だろう？」

「でも兄さん、胎内から出た時が誕生日だから、それを基準にすべきだよ。胎内はまだ、現世じゃないんだ」

「おや。お前は人間が作った理に従うのかい」

「人間だからね」

弟は、悪戯っぽく微笑む。

「兄さんは時々、人間離れしていると思うけど」

「そうかな？」

「だって、兄さんは何でも出来る。料理も上手いし、裁縫だって出来るし、友達だってたくさんいる」

弟の眼差しには、いつの間にか羨望が混じっていた。

「勉強ならばお前の方が出来る。難しいことだって、お前の方がよく知っているじゃないか」

兄は弟を優しく撫でる。弟は、心地よさそうに目を細めた。

「僕は勉強しか出来ない。人と話すのも怖くて」

こうやって話せるのは兄さんだけ、と弟は言った。

「勉強が出来るのは素晴らしいことだよ。自分に誇りを持って」

「でも、兄さん――」

弟の言葉は、そこで止まった。兄が、そっと弟を抱きしめていた。兄は、驚愕する弟の耳元で囁く。

「僕の名前を呼んで」

「……永久《とわ》」

「そう。それがお前の半身の名前。僕達に優劣なんてない。誰が何と言おうと」

「……うん」

永久と刹那は顔を見合わせると、同じ顔で微笑んだ。

「だけど、永久も勉強出来るよね。この前のテストの成績、すごくよかったでしょ？」

「それは、利那に勉強を教えて貰ったからだよ。教え方、とても上手かったから」

「僕、永久の役に立てたかな」

少し誇らしげな利那に、「勿論」と永久は頷く。

「だから、利那も僕を頼って欲しい。それで、おあいこでしょう？」

「そうだね。有り難う、永久」

清い光が降り注ぐ中、二人はお互いに見つめ合い、細い指先を絡め合った。


頬に、生暖かい感触が伝う。それと同時に、名前を呼ぶ声がした。

「御影《みかげ》君、御影君ってば」

「うっ……、神無《かんな》……君？」

御影が目を覚ますと、神無が心配そうに顔を覗き込んでいた。御影はどうやら、ソファの上で転《うた》た寝《ね》をしていたようだった。

「大丈夫？」

「すまないね。考え事をしていたら、眠ってしまったみたいで」

御影は上体を起こし、ソファに座り直す。だが、神無は物言いたげに御影を見つめていた。

「どうしたんだい?」

「その、魘《うな》されていたのかなと思って」

神無の言葉に、御影は自分の頬に涙が伝っていることに気づく。「失敬」と何事もなかったかのように、指先で涙を拭った。

「懐かしい夢を見ていただけさ」

「懐かしい夢? 咎人《トガビト》に堕ちる前、とか?」

「神無君は勘が鋭いよね」

御影は、「どうぞ」と自分の隣の席を促す。神無は腰を下ろすと、涙で張り付いた御影の髪を、そっと払いながらこう言った。

「深く立ち入られたくないだろうから、詳しく聞かないけどさ。話したい時は遠慮なく俺に言ってよ? 俺、御影君に助けられてばっかりだし、役に立ちたいから」

「有り難う。君はいい子だね」

「子ども扱いしないい」

成人してるんだから、と神無は苦虫を嚙み潰したような顔をする。

「それにしても、惜しいことした。御影君の寝顔なんて、そうそう見られないし、撮っておけばよかった」

「再現してみようか？」

「それじゃ意味ないし」

　サガるわー、と神無は溜息を吐く。

「あ、そうだ。お帰りなさい」

　御影は、神無がアルバイト先から帰って来たのだということを思い出す。「今更!?」と神無は声をあげた。

「まあ、いいけど。ただいま戻りましたよ、ご主人サマ」

　投《な》げ遣《や》りな神無に、御影は思わずくすりと笑った。

「何で笑うの」

「ふふっ、ごめんね。ちょっと可愛くて」

「可愛いって……。褒め言葉じゃないし」

　神無は肩を竦め、ソファに背を預ける。

「君の、その呼び方も気に入ってるんだ」

　ご主人サマってやつ、と御影は神無の口調を真似してみせる。少しばかり尊大で、挑発的な様子で。

「こんな呼び方をしているのに、僕に全く忠誠を誓ってなさそうな辺りがね。隙を見せたら手を噛もうという気持ちを、包み隠そうともしないし」

完全に図星を突かれて、神無は気まずそうな顔をする。

「そういう性格なの。気に食わなかったら、やめるけど」

「いいよ。元気な子は好きだし」

御影はさらりとそう言った。

「元気な子、ねぇ」と、神無は苦笑する。

「アルバイト先でも、そんな感じ？」

「いや。理不尽なことを指示されない限りは大人しいけど」

「理不尽なことを指示されたら？」

「手を噛んじゃうね」

神無は、威嚇するように両手を上げて、「がうっ」と犬歯を剥いてみせた。その様子に、御影はくすくすと笑う。

「いいな、そういうの。僕は不満を押し殺そうとしてしまうタイプだったから、君を見習わないと」

「御影君に本気で手を噛まれたら、死ぬほど痛そうだけどね」

何せ、御影には神無よりも遥かに鋭い犬歯がある。神無は、自分が噛まれた時のことを思い出してか、自らの首筋を撫でながら苦笑した。

「いや、待てよ」

神無の手が止まる。

「うん？」

「御影君、誰かの下にいたことがあったわけ？」

神無は、鋭く指摘する。御影は「おっと」と口を噤《つぐ》むと、「まあ、色々とね」と誤魔化した。

「それにしても君は律儀だよね。アルバイトも続けているし、最初は、家賃を払うとか言ってさ」

ちゃんと、家賃として血を貰ってるのにと御影は苦笑した。

「ヒモみたいに飼われるのは趣味じゃないわけ」

「君なら、お金を払ってでも欲しいという人はいそうだけど」

「養うって言われたことはあるし、そういう女のところに住んでたこともあったけどさ。勝手に家賃払ってたよね」

毎月、交際相手の口座に、勝手に家賃を振り込んでいたのである。交際相手はあまり口座を確認しないタイプだったので、かなり後になってから振り込みが発覚し、それを巡って口論になったという。

「結局のところ、それが原因で別れたけど」

「ああ、成程」

神無が手にかけたのは、彼と付き合った人間全てではないのだと、御影は気づいた。彼の、愛を探したいという衝動を呼び起こさなければ、切り裂きジャックの一面を目覚めさせなくて済むのだと。

「それじゃあ、彼女は今、元気にしているのかな」

「多分ね。仕事が出来るし、稼ぎが良かったから、また好みの男に声を掛けてるんじゃないの？」

神無は、もう興味がないと言わんばかりに肩を竦める。御影は、「ふぅん」と相槌を打った。

「今のアルバイトは、このまま続けるのかな？」

「そうしようと思ったんだけどさ。今借りてる部屋を引き払ったら、住所不定になるじゃん？」

「そうだね」

「そしたら、続けるのが難しくなると思って」

「確かに」

「……あと、悩んでいることがあって」

「言って」

御影は、間髪を容《い》れずに促す。神無は少し躊躇する素振りを見せたが、意を決したように頷いた。

「法の裁き、受けようかなって」

「へぇ」

神無の言葉に少しだけ驚く御影であったが、全く予想していなかったわけではなかった。神無は凶悪な事件を起こしているが、彼の性根には真面目さと誠実さがあることを知っていたから。

だが、御影は首を横に振る。

「それは、あまりお勧めしないね」

「どうして？」

「個人的に、君を手放したくないというのもあるけれど」

神影は、そう前置きをした。

「君は咎人で規格外の力を持っている。犯行だって自然と異能を発動させていただろうし、それを警察が立証するのは難しいよ」

それともう一つ、と御影は続ける。

「君の罪が法的に立証されれば、長い間、塀の中で暮らすことになるか、死を以て償うことになるだろう。前者は、不便で厳しいけれど、安全で健康が保証されている場所だ。そして、後者では君を裁けない可能性がある」

「あ、そうか。罪の清算が終わるまで死ねない身体か……」

「法律は人間のものだ。咎人のものじゃない。咎人になったからには、咎人なりの清算の仕方がある」

「咎人なりの……」

神無は思案する。そんな彼に、御影は助け舟を出した。

「アルバイトの話もそうだけど、こちら側で生きるなら、こちら側の流儀で過ごした方がいい」

「咎人にしかできない仕事をしろってこと？」

「そう。咎人狩りなんか、いいんじゃないかな」

御影の案に、神無は「ええっ」と声をあげた。

「咎人狩りって、あの東雲《しののめ》ちゃんがやってた標的となった咎人を始末するってやつ？」

「僕の方で調べてみたけれど、どうやら、咎人狩りをしているのはジャンヌだけではないようでね。似たようなことをしている者達が他にもいるみたいだ」

正確には、東雲は咎人狩りの中の『復讐屋』という立場なのだという。活動が派手なので、咎人狩りの中でも有名人であった。

彼女はネットを介して依頼を集め、彼女の審美眼によって裁くべき対象を選んでいるらしい。そこに、金銭のやり取りは発生していないとのことだった。

「彼女、私刑って言ってたしね。報酬を貰わないのも、彼女なりのけじめってところかな」

神無の見解に、「多分ね」と御影は頷いた。

「中には、報酬を貰っている者もいるみたいでね。他にも、咎人狩りによって得た物を蒐集《しゅうしゅう》している者もいるし、咎人狩りのスタイルは様々というところかな」

「いわゆる、ハンターって感じ？」

「そうだね。先日遭ったような、自我を失っている咎人は早急な対処が必要だ。咎人狩りが動くことで、無力な市民を守ることにも繋がる」

「咎人狩りをやってる連中は、一般市民の味方ってこと？」

「それはどうか分からない。ジャンヌは彼女なりの正義を貫いていたようだったけれど、他の咎人狩りは単純に金銭が欲しいだけかもしれないし。まあ動機はさておき、咎人狩りをやることは有意義だと言いたいのさ」

「ふぅん……」

神無は納得したように頷くが、その目には迷いがあった。そんな彼に、「僕も始めようと思ってる」と御影は言った。

「何で御影君が」

「穢れた血を集めやすいから」と御影は即答した。

「俺の血じゃ、足りない？」

不満げな神無に、御影は首を横に振った。

「万が一の時のストックが必要なのさ。この前みたいに、君が大怪我をしてしまったら、血を貰えないしね」

「……確かに」

「今までは、僕が独自のルートで情報を手に入れて、においをもとに標的を見つけていたけれど、咎人狩りのネットワークを使った方が、効率が良さそうだ」

「成程ね」と神無は納得する。

「君は、どうする？　君が一緒だと心強いし、君が咎人狩りをすることで無力な人々を守れるのならば、それも贖罪の一つになるかと思って」

「あっ……」

神無は、ハッとして目を見開く。

「君が手に掛けて来た子の分だけ傷つくよりも、これから傷つけられそうな人達を守った方が有意義だろうし、それなら僕も安心だから」

「……そう、だね。本当に」

神無は、深々と頷いた。御影もまた、理解して貰えたことを喜ぶように微笑む。

「それにしても、一つ、気になることがあるんだ」

「なにが？」と神無は首を傾げる。

「ジャンヌは何故、君を狙ったんだろう」

その問いに、「ニュースで騒がれてるし、被害者が多いからじゃない？」と神無は気まずそうに答えた。

「うーん。君は知名度が高いけれど、普段は屋敷にいて結界に守られている。容易に見つけられる状況ではないんだ」

「それじゃあ……」

「詳しく聞いてみたいところだね。彼女に、依頼をした人物について」

御影は、どうやって東雲と接触をしようかと思案する。その横で、神無は携帯端末を弄り出した。

「じゃあ、聞いてみようか。いつ、何処で会う？」

「えっ？　そんなに簡単にコンタクトが取れるのかい？」

「彼女の個人アカウント、知ってるから」

教えて貰った、と神無は何と言うこともないように言った。

「命を狙っていた相手の連絡先を手に入れるなんて、やるね。それも君の才能なのかな」

御影は神無を賞賛しつつ、東雲と接触すべく、待ち合わせの日時を指定したのであった。


東雲を呼び出したのは、池袋のファミレスだった。

御影は都内の高級ホテルを指定しようとしたのだが、目立つという理由で神無のバイト先の近所にあるファミレスに集まることになった。

「まあ、学生かって感じだけど」

「いいじゃないか。ファミレスなんて何年ぶりだろう」

肩を竦める神無に、御影はメニューを興味深げに眺めながら答えた。

「木を隠すなら森の中という。お前らしい選択だ」

上座に腰を下ろした東雲は、真顔でそう言った。

「……その、ファミレスが俺らしいって複雑なんだケド」

神無は口を尖らせつつも、二人の注文を聞く。

「私はデミグラスソースのオムライスを」と東雲は真顔で答える。

「意外と可愛いのを頼むね……」

「卵と米が食いたくてな」

「成程ね。――御影君は？」

「僕はデラックスイチゴパフェを頼むよ」

「いきなりデザート!?」

「可愛いから、つい」

御影は、あっけらかんとした表情でそう言った。しかも、訂正する様子はない。

「まあいいや……。俺はガパオライスで」

神無は店員を呼び出し、注文をする。

店員が去ると、注文を待つ三人の間に沈黙が流れた。

「それで、今日の本題を伺おうか」

先に沈黙を破ったのは、東雲だった。御影は、静かに頷く。

「単刀直入に問おう。君と、コンタクトを取った人物のことを知りたいんだ。神無君を知る、切っ掛けになったもののことをね」

「守秘義務がある」

東雲はそう答えたが、それには続きがあった。

「と言いたいところだが、何か、引っかかることでもあるようだな」

「話が早くて助かるよ。僕が神無君を保護している環境下では、居場所の特定が難しくてね。それを、君が感知したことが気になっていたんだ」

「元々、私は鼻が利く方だ」

「神無君の職場の周りにいたのは、偶然？」

何故あの時、東雲は池袋にいたのか。御影が調査したところ、東雲が近所で活動していた形跡はなかった。つまり、ターゲットを神無に絞っていたということだ。

「……あの辺りで、神無が働いているという話を聞いていた。被害者の、妹を名乗る人物から」

「へぇ」

御影は右手を差し出す。その時の履歴を見せろと言わんばかりのそれに、東雲は少しだけ躊躇したが、結局、自分の端末を御影に手渡した。

「有り難う。協力的で助かるよ」

「お前達には、相談したいこともあるからな」

「相談したいこと？」

御影は、被害者の妹を名乗る人物から来たメッセージを一読すると、それを神無に託す。一方、神無は返信用の連絡先を見て、自分の端末を弄り出した。

「その依頼が来る数日前、私のところにある男が来た」

東雲はそう言って、ライダースーツのポケットから一枚の名刺を取り出す。

「こいつだ。慈善事業をしているらしくてな。何処で知ったのか、私に声を掛けてきた」

「慈善事業？　なんでそんな奴が、咎人狩りに？」

携帯端末から目を離さないまま、神無は問う。

「咎人狩りだからこそ――いや、咎人だからこそ声を掛けて来たようだ。そいつは、やむを得ぬ事情で堕ちた咎人を保護し、まっとうな暮らしが出来るように支援しているらしい」

東雲が名刺をテーブルの上に置いた瞬間、御影の表情が凍り付いた。

「どうした、キザ男」

「時任《ときとう》――総一郎《そういちろう》……」

御影は、名刺に記された名前を絞り出すような声で唱えた。

「知り合いか？」

「……ああ」

御影は動揺していた。整った唇が震え、真紅の左目は揺れていた。

「ちょっとした、知り合いだよ」

「そうは見えない」

東雲が身を乗り出す。そんな彼女の前に、神無が自分の端末と東雲の端末を差し出した。

「こっちも知り合いだった」

「何だと？」

東雲とコンタクトを取った人物は、『相田《あいだ》ミサキ』という女性の妹だと名乗っていた。しかしその連絡先は、神無の端末に登録されたアドレスと一致した。

「被害者である『相田ミサキ』、本人のアドレス……だと」

東雲は顔を強張らせる。

「妹が、ミサキのスマホを使っているということか？」

「妹が敢《あ》えてそうする理由はないんじゃない？　それに、俺はミサキから妹がいるなんて話は聞いちゃいない」

一人っ子だと言っていたはず、と神無は記憶の糸を手繰り寄せる。

「では……、ミサキが実は生きていて、私に復讐をさせるために妹を名乗ったのか？」

混乱する東雲に、神無は神妙な面持ちで首を横に振った。彼女の生死は、手にかけた神無がよく知っていた。

「ならば、どういうことだ……？」

「その連絡先に、電話をしてみたら？」

御影は、テーブルの上の名刺を東雲に押し返しながら言った。

「そう、だね。ちょっと、掛けてみる」

神無は端末をフリックし、ミサキの電話番号にコンタクトを取る。次の瞬間、店の出入り口の方から着信音が鳴った。

「えっ」

三人の声が重なる。

出入り口には、帽子を目深に被り、コートの襟に首を埋《うず》めた長身の人物が立っていた。その手には、まるで三人に見せつけるかのように端末が握られている。

「あのスマホ、ミサキのだ……！」

神無は、弾かれたように席を立った。長身の人物は、神無を誘うように出入り口から立ち去ろうとする。

「キザ男、我々も追うぞ！」

東雲もまた、神無を追おうとした。しかし、御影の異変に気付く。

「そんな。まさか、彼が……」

御影は端整な顔を青ざめさせ、長身の人物が消えて行った方角を見つめていた。だが、すぐに頭を振って正気に戻ると、東雲と共に神無を追ったのであった。

コートの人物を追った神無は、路地裏に行き着いた。

ビルとビルの間に出来た小道で、着信音が途切れることなく鳴っている。

「やっぱり、そうだ……」

神無は、アスファルトの上に放置された携帯端末を拾う。それは、神無が知っている端末だった。

「関係者か、それとも――」

「関係者であれば、報復にも応じる。そういう心がけかな」

背後から、よく通る男の声がした。神無は、用心深く振り返る。

そこには、背の高い紳士が立っていた。コートの中には上等なスーツをまとっており、穏やかな微笑を浮かべていた。

身に着けているカフスもタイピンも、シンプルではあるが紳士を上手く引き立てており、少なくとも、神無はそのセンスに好感を持った。

一見すると、品の良い富豪。しかし、紳士から感じられる余裕は、一般人のそれではなかった。

隙が無い。

神無は紳士をねめつけるが、彼から逃げる隙すら見当たらなかった。

「誰？」

神無は、率直な質問を投げかける。

「これは失礼。私はこういう者でね」

紳士は笑みを崩さぬまま、懐から名刺を取り出す。神無はそれを受け取ると、顔を強張らせた。

「時任……総一郎……？」

東雲に接触した人物の名前だ。そして、この名前を見た時の御影の様子は、おかしかった。

「あんたは……」

「君のことは調べさせて貰ったよ、篠崎神威《しのざきかむい》君」

「なっ……！」

それは、神無の本名だった。

母と共に過ごした日々が頭を過る。その名前で怒鳴られ、罵られ、忌まれた日のことが。

「その名前で呼ぶのはやめろ……」

「失敬。それでは、神無君と呼ばせて貰おう」

「何で、俺のことを？」

神無は、今にも食いつかんばかりの表情を時任に向ける。

「私は、慈善事業をしていてね。やむを得ない理由で咎人に堕ち、表社会で生き辛くなってしまった者達を保護しているんだ。それで、そういった境遇の君にも手を差し伸べたくなって」

「俺のは、やむを得ない事情じゃない……」

神無は頭を振る。

「そうは見えないがね」

時任は、溜息を吐いた。

「正直言って、最初は君をただの下衆だと思っていた。しかし、或ることを切っ掛けに、君に興味が湧いてね。東雲君の力を借りて、君を試すことにした」

「彼女をまんまと騙して、の間違いじゃないの？」

携帯端末を時任に投げ返しながら、神無は挑発的に言った。

「こんな小細工まで用意してさ。趣味悪くない？」

「君と対話をするのには効果的だと思ったのさ。気を悪くしたのならば、謝罪しよう」

時任は穏やかな笑みを崩さぬまま、丁寧に頭を下げる。

「で、東雲ちゃんを騙して得たモノって、何だったワケ？」

「君の高潔さだよ。君は大罪を犯した。しかし、それを自分のやり方で清算しようとしている。私はその誠実さと、健気《けなげ》さに心を打たれたのさ」

時任は大げさに顔を覆う。芝居がかった動きの一つ一つが、神無の神経を逆なでした。

「それで、俺を慈悲深い紳士サマのところで保護しようって？　保護したらどうするのさ。首輪でもつけてお屋敷で飼うとか？」

「いいや。生き辛い君達に、生き易い環境を提供するのさ。仕事が欲しければ仕事を紹介するし、住まいが欲しければ住まいを用意する。この世界に見放された咎人が肯定される場所を、私は作りたくてね」

「あっ……そう……」

神無は興味がない風を装うが、内心は心を揺り動かされていた。

咎人に堕ちる前も、神無は生き辛かった。父親に見捨てられ、母親に忌み嫌われ、見知らぬ男達にいいようにされ、肉体関係を結びたい人間ばかりが近づいて来た。時任に返した端末の持ち主もまた、その中の一人だった。

身勝手な罪によって、人間としての道からも外れてしまったが、神無にとって、ここは最初から生き辛い世界だった。

そんな中、自分を肯定してくれる場所を作ってくれるとは。生き辛い思いをしなくても、済むようになるとは。

「君は贖罪の道を歩もうとしているが、私はその必要はないと思っている。君の遍歴を見る限りでは、君の犯行は起こるべくして起こったものだ。君は被害者なのだ。ならば、いっそのこと生まれ変わったつもりで、生き易い世界で過ごしてみないか。私の、そばで」

時任は手を差し伸べた。神無は、ふらりと踏み出す。

しかし、彼はその一歩で踏みとどまった。

「残念だけど、俺の居場所はもうあるから」

「ほう？」

「悪いね。先約済みなんだ」

神無は、差し伸べられた時任の手を払う。

神無は今まで、生き辛い世界を生きてきた。

しかし、一筋の光が——いいや、穏やかな夜の闇が、今は神無のことを包み込んでいた。

「君を今、保護している人物かな？」

時任は、御影のこともお見通しだった。

「しかし、彼は咎人の血を必要としている。君は彼に、家畜として飼われているだけかもしれないよ」

「それでもいい」

神無は、即答した。

「彼は、俺を愛してくれた」

「彼は誰でも愛するんだよ」と、時任は憐れむように言った。しかし、「知ってる」と神無はあっさり肯定する。

「愛の形がなんであれ、彼は、俺が今まで得られなかったものをくれた」

朝起きれば、「おはよう」と挨拶をしてくれて、共に食事をとり、他愛のない会話をして、出掛ける時には「行ってらっしゃい」と見送ってくれて、帰宅すれば「おかえり」と迎えてくれる。「おいで」と傍にいることを許容し、眠る時も、「おやすみ」といい夢を見るように祈ってくれる。

そして、神無のために涙を流してくれる。

御影と過ごすそんな日常は、いつの間にか神無にとってかけがえのないものになっていた。

胸の奥が温かくなるという感覚を、初めて得ることが出来た。

「だから、これ以上を望んだら、流石に罰が当たるでしょ。俺を保護する分、別の誰かを保護してあげてよ」

神無は、そう言って肩を竦めた。時任は神無の話を黙って聞いていたが、最後には頭を振った。

「残念ながら、それは出来ないのだよ。君と彼は――」

「勝手に、うちの子を連れて行こうとしないで欲しいですね」

時任の背後から、聞き慣れた声が聞こえた。時任が振り向くと、そこには御影と東雲が佇んでいた。

先ほどの話が聞こえていたのか、東雲は刀に手をやりながら時任をねめつけている。

そして、ステッキを手にした御影には、一切の笑みがなかった。

時任は、芝居がかった仕草で両手を広げる。

「おお！　久しぶりだな、『吸血王子《ヴァンパイアプリンス》』！」

「ご無沙汰していました、『串刺し公』」

神無は、御影が口にした名前にギョッとする。

「串刺し公って……」

「ヴラド三世――ドラキュラ公のことさ。十五世紀のワラキア公国の君主でね。ブラム・ストーカー著『ドラキュラ』に登場する、ドラキュラ伯爵のモデルの一人となった人物だね」

「それじゃあ、彼も血を……？」

「ドラキュラ伯爵は吸血鬼だけど、串刺し公は吸血鬼じゃない。敵兵を串刺しにして晒したことから、串刺し公と言われるようになったのさ」

御影は、時任から目を離さないまま解説をした。

時任は、残念そうに溜息を吐く。

「その呼び名は心外だね。私は、生き辛い全ての咎人に手を差し伸べたいと思っているのに」

「来る者は拒まないが、去る者は許さない。――去る者と、貴方の庭を侵そうとする者は、貴方にとってのオスマン帝国兵なのでしょう。袂《たもと》を分かとうとした僕に何をしたか覚えてないとでも？」

御影は、吐き捨てるように言った。

「二人は、どんな知り合いなわけ……？」

神無の言葉に答えたのは、時任だった。

「咎人に堕ちたばかりの彼を拾い、異能のイロハを教えたのは私さ」

「つまりは、二人は師弟関係ということか……」

東雲は、御影と時任を見比べる。

「とっくの昔に、関係性は崩壊しているけどね」と御影は遠い目をする。

「君の口から、そんな言葉が飛び出すとは悲しいね。私は、常に君を歓迎しているというのに」

時任は穏やかに微笑む。しかし、御影はくすりともしなかった。

「神無君にちょっかいを出そうと思ったのも、僕を誘《おび》き寄《よ》せるつもりだったのでしょう？」

「幸い、それ以上のものが得られたよ」

一切否定をせず、時任は微笑を湛えていた。

「東雲君には、謝罪をしなくては」

構えたままの東雲に向き合い、時任は大げさに首を垂れる。

「結果的に、君を利用することになってしまった。しかし、これは君が私の計画に相応しい力の持ち主なのかを見極めるためだったのだ。許して欲しい」

「貴様の、計画だと……？」

「そう」

時任は顔を上げると、両手を静かに広げる。

まるで、世界を抱くように。

「よく集まってくれた、諸君。君達は、我々の楽園を作るために相応しい者達だ。その七つの大罪のうち、四つの大罪がこうして揃うとは、今日はなんていい日なのだろう」

芝居がかった時任の台詞《せりふ》に、神無と東雲は目を瞬かせる。

「楽園……？」

「七つの大罪……だと？」

「その通り。咎人の中でも、大罪を犯した者が大きな力を得る。その中でも、高潔な魂の持ち主を私は探していた」

時任は、東雲を見やる。

「まずは、東雲君。君は、弱者が虐げられる世の中に怒り、『憤怒』の炎で下賤《げせん》なものを焼き尽くした。咎人になっても消えることのない炎の使い道を、私が示してやろう」

「……っ！」

　東雲は目を見開く。刀を構える手が、僅かに緩んだ。

「そして、神無君。君は、穢れた魂の持ち主達に弄ばれ、自らも『色欲』の淀《よど》みに溺れていたが、その気高い魂を守り切った。私は君の本質を理解し、君の真価を発揮できる場所を提供しよう」

「……本質、ね」

　神無は鼻で嗤《わら》う。しかし、心の底から抗うことは出来ず、胸の中の何処かが揺らぐのを感じた。

「そして、永久君」

　時任は御影の方を見つめる。

「僕は、御影です」

　御影はぴしゃりと言った。

「失敬。では、御影君。愛《いと》おしいものを喰らう『暴食』の業を背負う君は、常に、心身ともに飢えているのだろう？　私ならば、それを満たすことが出来る。君の膨大な力を活《い》かす術も、また教えられるだろう」

　愛しいものを喰らう。

その言葉に、神無は思わず、自らの首筋に触れた。吸血行為もまた、彼の業の一つだというのか。

「残念ですが、僕はもう、貴方の下へは戻りません」

御影は、いつもの笑みを一切添えずに、時任の勧誘を断った。

「君達のような力の持ち主が揃えば、今まで以上に咎人にとって住み易い場所が出来るというのに」

「咎人にとって、住み易い場所？」

東雲の問いに、「ああ」と時任は頷いた。

「この国は特に、一度道を踏み外すと挽回《ばんかい》が難しい。咎人に堕ちるべくして堕ちたわけではない者達も、苦痛を受けて清算をしない限り、罪を背負い続けて生きることになる。私は、そんな仕組みを根底から覆したい」

時任は、相変わらず穏やかな笑みを湛えていたが、その目には力強い意志が宿っていた。何人《なんぴと》たりとも邪魔はさせないと言わんばかりの眼光が、彼を取り囲む三人を圧倒していた。

「……具体的には、どうする気だ」

東雲は、気圧されながらも問う。

「私は、君達のような気高い魂を持ちながらも堕ちてしまった咎人達こそ、この社会を動かすべきだと思っている」

「は？　それって、表社会を咎人が牛耳るようにしたいってこと⁉」

驚愕する神無に、「そうなるね」と時任は答えた。

「と言っても、東雲君が気にかけている無力な人々の暮らしは変わらない。むしろ、失敗を許容し、やり直しがきく社会にしたいのだよ。正しき心の持ち主は救済される世の中が、私の理想なのさ。そのためには、罪を背負い、痛みを知っている君達の力が必要だ」

時任は東雲と、神無を見やる。二人は、反論出来ずに顔を見合わせた。

しかし、御影は頑《かたく》なに首を横に振った。

「正しくない心の持ち主は、どうなるんですか？」

「残念なことに、世の中には度し難い咎人もいる。彼らには、無力な人々を守るべく、制裁を加えなくてはいけない」

「つまりは、咎人狩りと同じようなことをする、と。貴方の基準で、歪んだ者と判断された者は串刺しにするということですね」

「ああ、そうなるね」

時任は、包み隠すことなく頷いた。

「……貴方は、神にでもなったおつもりか。それこそが、『傲慢』なのです」

御影は、大罪の一つを吐き捨てる。

「ジャンヌは、私怨で私刑だと自覚して刃を振るっている。彼女は自分が正しいとは思っておらず、葛藤があるからこそ、刃も目も曇ることなく、罪の清算を行おうとした神無君に手を出すことはなかった。だが、貴方は違う」

「私は、彼のような人間をも串刺しにすると？」

「貴方は、強い理想を持っておいでだ。その理想の輝きに目がくらみ、本質を見誤っているのです。罪人は、表に出るべきではない。どんな理由があろうと、罪は罪で、過ちは過ちです」

「それは、君自身が表舞台に立つことを望まないというのもあるのだろうな」

時任の言葉に、御影は頷いた。

「挽回の機会は、確かに必要です。だが、貴方は罪を許すどころか、大きな権限まで与えようとしている。それは、罪を許しているのではなく、罪そのものを肯定することになるのです」

「残念だ、本当に。この点において、我々は十年以上も平行線だなんて」

時任は、大げさに顔を覆った。だが、彼の言葉には続きがあった。

「しかし——」

時任は左の手の平をかざす。そこには、王冠のような聖痕《スティグマ》が輝いていた。

次の瞬間、時任の姿が消える。神無と東雲が彼を見失う中、御影は息を呑んだ。

「ジャンヌ、逃げろ！」

御影は東雲を突き飛ばし、よろけた彼女を神無が受け止める。消えた時任は、御影の背後にいた。

「御影く……」

神無は御影に手を伸ばす。次の瞬間、御影の華奢な身体は、地面から飛び出した無数の刃に貫かれた。

「がっ……は……」

御影は苦悶の表情を浮かべ、神無と東雲は声を失う。無数の刃に捕らえられた御影の頬を、時任の指先が場違いなまでに優しく撫でた。

「今の君は、以前の君とは違う。私の下を去った時、君は愛しいものを喪《うしな》い、全てに絶望していたが、今は——」

時任の視線の先には、神無がいた。神無はナイフを引き抜き、時任に向けた。

「御影に触るな！」

「君こそ、それ以上近づかない方がいい。彼はこの程度の怪我では死なないが、心臓を一突きにしたらどうなるか分からないからね」

時任は、串刺しになった御影の左胸をなぞる。御影は痛みに耐えるように、美しい顔を苦痛に歪めながらも唇を噛み締めていた。

「くそっ……！」

「彼とは、話し合う機会を設けたくてね。私の『城』で、じっくりと」

「城……だと？」

東雲もまた、日本刀を今にも引き抜かんばかりの殺気を放ちながら、時任に問う。

「ああ。君達には、招待状を渡してある。私の名刺を境界に掲げれば、道は繫がるだろう」

時任は、御影の身体をそっと抱くと、二人に向かってほくそ笑んだ。刃から引き抜かれると、御影の四肢は力を失ったようにだらりと垂れ下がる。鮮血が滴り、アスファルトに華を咲かせた。

「そ、そこで何をしている！」

第三者の声がする。時任の背後では、いつの間にか警官が身構えていた。どうやらパトロール中だったようで、そばには横たわる自転車があった。

「理想の世界になった暁には、公僕も排除しなくてはな」

時任は、冷ややかな目で警官を見やる。「まずい！」と神無と東雲は動こうとするが、遅かった。

ヒュッと風を切る音がしたかと思うと、警官の胸に刃が撃ち込まれていた。

それは、ほんの一瞬のことだった。時任は、虚空から生み出した刃が警官の胸を貫いたことを確認すると、パチンと指を鳴らす。

次の瞬間、警官の身体は、黒い霧となって消え去った。まるで、手品のように。

「馬鹿な……」

「人を……消した……？」

息を呑む東雲と神無に、時任は微笑む。

「あの警官……咎人でもなんでもなかったのに……」と東雲は震える声で言った。

「新たなる世界になった時、旧世界の正義の駆逐も必要だからね。その前に、少し掃除をしただけさ」

時任は、何と言うことも無いように言った。

「では、また。君達も来るならば、いい返事を期待している」

黒い霧が、神無と東雲の目を眩《くら》ます。その一瞬で、時任も御影も、全てが幻であったかのように消えていた。

「くそっ……」

神無は苛立つように、近くにあったビルの壁を殴る。

姿を消す一瞬、御影はぐったりとしながらも、神無の方を見て唇を動かしていた。

「来ないで」と。

そんな願い、聞き入れるわけにはいかない。

「早く、行かないと……」

神無は時任の名刺を握り締め、境界とやらを探す。しかし、そんな神無を東雲が制した。

「落ち着け」

「は？　あんなヤバいやつに御影君が奪われて、落ち着いていられると思う？」

「あの男、ただ者ではない。キザ男が一瞬でやられたほどだ。考えもなしに突っ込んでは、お前も私も串刺しだぞ」

「それは……」

東雲の言うことは尤《もっと》もだった。神無は彼女に従おうとするが、それよりも、彼女の言葉が気になった。

「待って。君も？」

「当たり前だ」

東雲は、迷うことなく頷いた。

「キザ男には負けたままだからな。借りは返したい。それに、時任の主張は解せぬし、目の前で人が傷つけられて黙ってはいられない」

「……そっか。頼もしいよ」

「キザ男――御影の言い分は尤もだ」

東雲は目を伏せながら言った。

「我々のように罪を犯した者は、表に出るべきではない。理由は何であれ、罪は罪だ。誰もが怒りを抱いていて、歯止めを利かせたり和らげたりしている。罪人を裁く法だってある。それなのに、私は手を下してしまった……」

「東雲ちゃん……」

東雲の、刀を持つ手は震えていた。それは彼女の身を焦がす内なる怒りからか、それとも、己の罪を悔やんでか。

「私の友人が、複数の男から暴行を受けて死んだ。心に傷を負っての、自殺だった」

「そんなことが……」

「私は、友人を暴行した相手を突き止め、仇《かたき》を取ろうと——同じ目に遭わせてやろうとした。しかし、我を忘れ、男の一人を殺してしまった」

その後は、歯止めが利かなくなっていた。友人が死んだのは男達のせいであり、男達は同じ目に遭うべきだという怒りが彼女を支配し、犯人を次々と殺していった。言うのも憚《はばか》られる、惨《むご》たらしいやり方で。

「全員を始末した時、私は咎人に堕ちていた。耐え難い怒りが、常に身を焦がすようになっていた」

神無は、その話を黙って聞いていた。東雲の苛烈な性格から、屍《しかばね》の山を築く姿は容易に想像出来てしまった。

「御影が私をジャンヌと喩《たと》えたのは、言い得て妙だな。私は、あの日から怒りの炎に焼かれているのだから」

東雲は溜息を吐くと、ぐっと刀を握り直す。震えはもう、無くなっていた。

「連中を始末した後、私は気づいたよ。私がやっていたのは、友人のための敵討《かたきう》ちなんかじゃなくて、自分の中の怒りを吐き出すための、エゴに満ちた行動だということに」

東雲は神無に背を向ける。その背中は、女性とは思えないほどに広かった。

「ルールを逸脱した正義は、いずれ道を誤る。私が時任の下へ行き、この咎人狩りとしての活動が許容されれば、私は今以上の過ちを犯すだろう。だから、私はまず、時任に否と答えなくてはならない。そのために、『城』とやらに行く」

「そっか。カッコいいね」

神無もまた、彼女と肩を並べた。

「俺も、今更許されようとは思わない。寄って来た人間が身体目当てだろうが何だろうが、命を奪ったことには変わりない。それをチャラにしようなんて、都合がよすぎでしょ」

「御影の意志も含めて、満場一致で時任にはつかないということか」

「目標が大きすぎちゃって」

神無は肩を竦める。

「同感だ」と東雲は頷いた。

「俺はまず、御影君を取り戻したい。俺には、彼が必要だ」

「それには協力しよう」

東雲は周辺を見回し、人通りがないのを確認すると、小さな丁字路に名刺をかざす。

「道が交わる場所も境界の一つだ。丁字路は特に、魔の者が行き来する場所と言われている」

「成程。俺達向けだね」

「ああ」

神無の言葉に、東雲は頷く。かざされた名刺は、周辺の風景と共に蜃気楼《しんきろう》のように揺らいだ。

「これは……」

気づいた時には、二人は全く別の場所に立っていた。

どんよりと曇った空の下、目の前には城が聳《そび》えている。石で築かれたその姿は、さしずめ、中世ヨーロッパの古城だ。吸血鬼の伯爵が住んでいると言われても不思議ではない。

「マジで城だ……」

御影の屋敷のようなものだろうが、いかんせん、規模が違いすぎる。

「おい。見ろ！」

東雲は、開け放たれている城の門から、何かがやって来るのを見つけた。それは、無数の甲冑《かっちゅう》の騎士であった。

「どういう仕組みで動いているやら、ずいぶんな歓迎っぷりだね……。俺達の答えなんて、お見通しって感じの」

神無はナイフを構えるが、東雲がそれを止める。

「大立ち回りならば私が得意だ。お前は、お前が最も活躍出来るであろう役回りをするといい」

「それって……」

「私が囮《おとり》になると言っているんだ。お前は、あいつを助け出せ」

「……ありがと」

神無の礼に、東雲は頷く。彼女が日本刀を抜き放つと同時に、神無は侵入経路を探すべく、その場を後にしたのであった。

＊　＊　＊

一卵性双生児である御影永久と御影刹那は、いつも一緒だった。

しかし、高校生になってから、二人は初めてクラスが別々になってしまった。「二人一緒だとお互いのためにならない」というのが、教師側の言い分だった。

彼らの両親は早くにこの世を去り、親戚の家に預けられていた。だから、早くお互いから自立し、一人で生きていけるようにという配慮が働いたとのことだった。

永久と刹那が一緒にいる時間は減った。

彼らは一緒に登校し、昼休みを共に過ごし、肩を並べて帰宅していたが、それでも、半身と一緒にいない時は、魂が欠けてしまったかのように寂しそうであった。

だが、永久は社交性が高かったので、すぐに友達が出来た。

休み時間になると、永久の周りには必ず友人達がいた。同性とも異性とも仲が良く、永久の周りは笑いが絶えなかった。

そんな、或る日のことだった。

「刹那」

昼休みも終わりという時に、永久は廊下を歩く刹那を呼び止めた。

「どうしたんだい？　今日の昼休み、ずっと教室でお前を待っていたのに」

刹那は振り返り、気まずそうに目を伏せる。

「兄さんの周り、友達がいっぱいいたから、邪魔しちゃいけないと思って……」

「邪魔なわけないだろう。僕はお前が一番大事なのに」

「でも……」

顔をそらそうとする利那の頬に、永久の目が留まる。利那は慌てて隠そうとするが、永久はその腕をつかみ、強引に引き寄せた。

「これ、どうしたんだい？」

利那の色白な頬には、痣《あざ》がくっきりと浮かび上がっていた。利那は、「なんでもない！」と悲鳴に近い声をあげる。

「誰かに、手を上げられたのかい？」

「ち、違う。転んだだけ……」

永久の目には、怒りが滲んでいた。いつも穏やかな彼の剣幕に怯えてか、利那はずっと目を合わせないでいた。

永久は怒りでわなわなと震えていたが、やがて、小さく溜息を吐いた。

「お前の全てを見られるのならば、僕はお前をかばえるのに……。僕はお前の半身だというのに、何と無力なんだ」

「……いいんだよ、兄さん。有り難う」

利那は永久に微笑む。

片頬が腫れた姿は痛々しく、永久は哀しそうに表情を歪めた。

それに気づいた利那もまた、申し訳なさそうにうつむいたのであった。

事件が起きたのは、その数日後だった。

利那は二人が暮らしているマンションの屋上から、身を投げた。

利那は永久に、一通の手紙を残していた。自分は弱いから、永久に迷惑をかけてしまう。自分の存在が永久を縛り付けてしまう。

だからもう、自由になっていいんだよ、と。

＊　＊　＊

水が滴る音がする。

天井から漏れ出した地下水なのだろうな、と御影はぼんやりと考えていた。

両手は鎖に繋がれ、天井から吊《つる》されていた。全身がひどく痛み、息をするのも辛いほどだ。

しかし、それよりも気になることがあった。

視界が、いつもよりも広い。

「お目覚めかな？」

御影の目に映ったのは、椅子に腰かけて優雅に読書をする時任の姿だった。

床も壁も石で出来た、牢獄《ろうごく》のようにひんやりとした空間には、御影と時任しかいなかった。照明らしきものもなく、蠟燭の明かりが辺りをぼんやりと照らしていた。

「仕置き部屋、ですか」

「十五年ぶりに戻った感想は？」

「相変わらず、悪趣味ですね」

御影は吐き捨てるように言った。

「君も相変わらずの減らず口で何よりだよ」

時任は、紐《ひも》が付いた何かを取り出す。御影は栞《しおり》かと一瞬思ったが、よく見れば、それは眼帯だった。

「それは……！」

「君の弟とも、久々の再会かな」

本を閉じると、時任は立ち上がる。眼帯を手に、身動きが取れない御影に歩み寄った。

「御影永久。君には、双子の弟である刹那君がいた……」

時任は、御影の右頬を撫でる。御影の右目を覆っていた眼帯は、時任の手の中にあった。

「しかし、高校生になってから、利那君はクラスに馴染めず、スクールカーストの下位にいた。周囲は巧みに君に隠していたし、利那君もまた、君に迷惑をかけまいと黙っていた」

御影は、時任をねめつける。血塗られた左目と、黒曜石のような漆黒の右目で。

「利那君は、優秀な人間だった。高校の授業など退屈に感じるほどにね。クラスに馴染めなくても、成績はトップ。やっかまれない理由はなかった」

「……何が言いたいんです？」

「双子の麗しき絆《きずな》を見て、久々に思い出したからさ。君が話してくれた、君の犯した大罪のことを」

御影の身体がびくっと震える。時任はそれに気づかないふりをしながら続けた。

「利那君を取り巻く環境は、日に日に悪くなっていった。周囲の人間は、永久君が見ていないのをいいことに、利那君を身体的に傷つけただけではなく、精神的にも追い詰めて行った」

利那は、永久に引け目を感じていた。

永久がいないと他人と碌《ろく》にコミュニケーションが取れない自分に、コンプレックスを抱いていた。利那を疎んでいた者達は、そこにつけこんだのである。

利那が永久を縛っていると、不自由にしているのだとなじった。

「結果的に、君の利那君は――」

永久の足を引っ張っていると思い込まされた利那は、永久を解放するために身を投げた。その出来事は、利那が家にいないことを心配して、捜しに出た永久の目の前で起こった。

「その時、君は無我夢中になって利那君を回収した。そして、その右目を――」

「健やかなる時も病める時も共にいられるよう、右の眼窩に入れた……」

「そうだったね」

時任は頷いた。

「そして、残った部位はコトコトと煮込んで、スープにした」

「……それを、僕は残らず飲み干した」

「一卵性双生児である君達は、そうやって一つになり、本来の姿を取り戻したということだね。そして君は、利那君の分まで生きようとしている……」

時任は、微笑ましそうな顔をする。しかし、御影は彼を睨み付けたままだった。

「僕はそれが原因で、咎人に堕ちた。……貴方が『暴食』と表現するに相応しい、他者を喰らわないと生きていけない身体になって」

「しかし、それと引き換えに、膨大な力も手に入れた」

飽くまでも、時任は笑みを崩さなかった。

「君は、利那君が身を投げたのは自分の力が至らなかったからだと責めている。それが、君の罪を無限大に深くしているのさ。それゆえに特異な身体になってしまったが、君の力を磨けば、世界をひっくり返すことも出来るだろう」

「だから、貴方は僕に、言霊を用いて元素を支配する魔術を教えた……」

「ああ。原石は磨かなくては」

「貴方は、ご自分の目的を果たすための道具が欲しかっただけでは？」

御影は、皮肉っぽい笑みを浮かべる。しかし、時任は「まさか」と軽く笑っただけだった。

「たったそれだけのために、路地裏でゴミと一緒に蹲っていた君を保護したりはしないよ。私はただ、君を愛しているんだ」

「……そう、ですか」

御影は目をそらす。

「君はもう、私を愛してはくれないのかな？」

「貴方がご自身の理想に目がくらんでいる間は、僕の愛を貴方に向けることは出来ない」

「それは残念」

時任は、御影の頬から手を離す。

話は終わりと言わんばかりの仕草に安堵したのも束《つか》の間《ま》、御影は視界が大きく歪むのを感じた。

「うっ……」

焼けつくような渇きが御影を襲う。喉の奥の、更にその奥にある心の奥底が、魂が焼けるような渇きを感じた。

「血が必要なようだね。あれだけ出血したのだから、無理もない」

時任は、椅子の傍に置いてあった小瓶を手にすると、御影の前で揺らした。

「そんなこともあろうかと、君のために持って来たんだ」

御影は、霞《かす》む視界で小瓶を見つめる。

美しい真紅の液体がなみなみと入っていたが、ワインの類でないことは一目で分かった。

御影の口の中が疼く。吸血の際に突き立てる犬歯が、小瓶の中の液体を切望しているのが手に取るように分かる。血を口にするためには、獣のように襲い掛かることも辞さないという、強い衝動が御影を蝕む。

「辛いだろう。その獣のような衝動は」

時任は、御影の状態を見透かすように言った。

「君が正気を失った姿は、過去に何度か見てきた。君自身、その姿を晒すのは耐えられない屈辱だろうからね」

時任は小瓶の蓋を取ると、御影の唇にそっと添える。

「ほら、お飲み」

虚《うつ》ろな御影の瞳には、小瓶に入った血液が魅力的に映り、漂う鉄錆のにおいが芳《かぐわ》しく感じる。

小瓶が傾けられ、唇を赤く染め、御影の渇きを潤そうとした、その時であった。御影の唇が閉ざされ、小瓶を押し退けたのは。

「なに……っ!?」

小瓶は宙を舞い、鮮血が弧を描いて床に零れる。時任は信じられないといった表情で、床に落ちた小瓶と御影を見比べていた。

「正気か……!」

「貴方の血は、受け取らない」

御影は朦朧《もうろう》とする意識の中、ハッキリと言い放った。

「貴方から施しを受けるくらいならば、僕は飢えて死ぬ方を選びます。それが、貴方と決別した僕のけじめです」

「……世迷《よま》い事《ごと》を」

時任は吐き捨てるように言うと、御影の顎を鷲摑《わしづか》みにする。吐息がかかるほどの距離に顔を近づけ、鋭い双眸《そうぼう》でねめつけた。

「趣向を変えよう。優しい顔をしていると、君はつけ上がるからな」

時任の大きな手が、長い指が、御影の右目にじわじわと伸びる。

「君のその右目——大罪の証にして愛の証。私に与《くみ》しないならば、それをえぐり取ると言ったら、君はどうするかな？」

「な……何を……」

時任の紳士な表情は歪み、支配的であり嗜虐《しぎゃく》的な顔になっていた。その暴君たる指先は、彼の言葉が偽りではなく真実だと言わんばかりに、御影の眼球に触れようとする。

「やめろ……」

反射的につぶった御影の瞼を、時任の右手がこじ開ける。そして、その眼窩に、爪の先を——。

「刹那に——僕の半身に触れるな！」

獣のような咆哮《ほうこう》が、薄暗い地下室に響き渡る。

その瞬間、天井から影が舞い降りた。

「俺のご主人サマになにしちゃってるわけ？」

時任の背後から、聞き覚えのある声がする。時任が咄嗟《とっさ》に振り返った瞬間、その凶刃が閃いた。

「咲かせてやるよ、あんたの罪の華を！」

「ぐっ……ああっ」

至近距離から放たれたサバイバルナイフの一閃が、時任の首筋を斬りつける。鮮血が飛び散り、時任は傷口を押さえてたたらを踏んだ。

「意外と綺麗に咲くじゃん。御影君や東雲ちゃんっぽく技名をつけるなら、『彼岸花』って感じ？」

おどけるように肩を竦めたのは、神無だった。彼が降って来た天井には、蓋が外れた通気口があった。

「神無君、どうしてここに……」

「助けに来たに決まってるでしょ。それにしても、大声出せるんだね。俺、ビックリしちゃった」

神無は、拘束されている御影に歩み寄る。

「馬鹿な……。私がここにいる間は、兵が君達を出迎えるはずだったのに……！」

切り裂かれた首筋を押さえながら、時任は呻く。

「東雲ちゃんが、そいつらの相手をしてくれてる。彼女は大立ち回り担当、そして、気配を消すのが得意な俺は隠密担当、ってね」

神無は壁に掛かっている鍵を取り外し、御影の自由を奪っている手枷《てかせ》を外そうとする。しかし、御影は「駄目だ」と制止した。

「なんで。縛られるのは趣味じゃないでしょ？」

怪訝な顔をしながらも、神無は手枷を外す。御影の身体は解放され、神無の腕の中に収まった。

「駄目だ……。僕は……君を……」

「えっ？」

御影は神無の胸に顔を埋め、何かを抑え込むように、神無の服をぎゅっと掴んだ。

「君が何処から話を聞いていたか知らないが、彼は相当飢えていてね」

鼻でせせら笑いながら、時任は転がった小瓶をつま先で蹴る。

「飢えた彼は凄まじい。私も何度か、手を嚙まれて肉を持って行かれそうになった。君は、何処の肉を彼に差し出すことになるのかな？」

時任が嗜虐に満ちた笑みを二人に向ける。神無の腕の中では、御影が必死になって衝動を抑えていた。

血のにおいが室内に充満している。御影にとってそれは芳しく、今すぐにでも床に這いつくばって零れた血を啜りたいくらいであった。

そして今、自分を縛っていた手枷が外れ、そばには新鮮な血の持ち主がいる。いけないと自分に言い聞かせる傍らで、その皮膚に牙を突き立てたらどんなに美しい血が流れるか、肉を食いちぎったらどんな味がするのかという期待が込み上げてくる。

御影の罪は、禁断の果実たるそれらを口にした時から始まった。それらすべてを甘美なものと感じ、獣のようになり果ててしまうことが、彼への罰だった。

人の道を外れ、人の世の中から追放された御影は、道の外で罰に苦しみながら、ひっそりと暮らしていた。

囁くように話すのは、獣のような牙を隠すため。いつも穏やかでいるのは、浅ましい本性を隠すため。

彼はいつも、自分の飢えた衝動を抑えていた。本性を少しでも露呈してしまった時は、独りでひっそりと己を責め続けていた。

「僕から……」

離れて。

そう言って、神無を突き飛ばそうとするが、腕に力が入らない。そのくせ、獲物を喰らうための牙が疼き、顎に力が溢れてくる。

（もう、限界だ……）

正気を手放しそうになった御影の唇に、一筋の雫が滴り落ちた。

「あっ……」

甘く、頭の芯が蕩《とろ》けそうな感覚が御影を襲う。

それは、神無の血だった。

「かんな……くん……？」

彼は左腕をナイフで傷つけ、御影に差し出していた。

じわじわと溢れ出す鮮血は痛々しくもあったが、神無の表情に痛ましさは一切なかった。

「どうぞ。貸し、一つね」

神無は片目をつぶってみせる。御影は礼を言う暇もなく、その傷口に唇を押し付け、渇きを癒すべく血を吸った。

神無の血を喉に通す度に、全身に燃えるような感覚が行き渡る。

それはあまりにも心地よく、御影を酔わせてしまいそうだったが、彼の鋼の意志が踏《ふ》み止《とど》まらせた。

一頻《ひとしき》り味わうと、御影は神無の腕から唇を放す。紅のように唇を染めている鮮血を舐め取り、ゆっくりと時任に向き直った。

「なっ……。自ら血を差し出すことで、吸血の衝動を鎮めた……!?」

「僕は、支配されるよりも尽くされる方が効くようですね、串刺し公」

御影は、皮肉たっぷりに微笑む。その頬には、輝くような聖痕が浮かび上がり、瞳は闘志に燃えていた。

驚愕していた時任だったが、ふっと口角を吊《つ》り上げた。

指をパチンと弾くと、ガシャガシャと金属質な音を立てて、甲冑を着た兵士達が階段から降りてくるではないか。

「面白い。個々には興味はあったが、今は君達自体に興味が湧いた」

兵士達は、あっという間に御影と神無の周りを取り囲む。甲冑の隙間から見えるのは空洞だけで、時任の魔法のようなもので動いていることが窺い知れる。

「さあ、踊ってみたまえ！　弟喰らいのカインと、切り裂きジャックよ！」

時任が指揮者のように腕を振るうと、兵士達は足並みを揃えて二人と距離を詰める。

二人の背後には壁があり、逃れるにしても兵士達の間を突破するしかなかった。

「献血の後にこの人数、ちょっとキツいんだけど」と神無は苦笑した。

「大丈夫。四〇〇ｃｃ以内に留めておいたから」

「嘘。絶対それ以上飲んでた」

ツッコミを入れる神無の頬に触れ、御影はそっと自分の方を向かせる。

「なに？　御影君が魔法で一掃してくれるって？」

「君のお陰で力に満ち溢れているとはいえ、それは無茶《むちゃ》ぶりだね」

御影はそう言いつつ、自らの牙で自身の親指を傷つける。「えっ」と声をあげる神無に、御影は血が滲んだ親指を突きつけた。

「飲んで」

「飲むって……」

「いいから」

有無を言わさぬ勢いの御影に、神無は彼を信じて従う。それを見た時任は、何かを察したように「やれ！」と兵士を向かわせた。

御影の指先から漏れた一粒の血液を、神無が静かに飲み込む。その途端、神無は弾かれたように目を見開いた。

「こ、これは……、身体が……熱……」

全身を駆け巡る熱を必死に抑え込むように、神無は自らの身体をぎゅっと抱く。

牢獄を照らしていた蠟燭の炎が、俄に揺れ出した。時任が動揺するのと連動するかのように、兵士らも一瞬、足を止める。

御影は、戸惑う神無の背中を優しく撫でた。

「君に、僕の魔力を分けたんだ」

「御影君、聖痕が……」

御影の頰に浮かんだ聖痕は、変化していた。太極図の陰だけが存在しているかのような不完全な聖痕を埋め合わせるように、月のような図形が浮かび上がっている。それは、まるで――。

「君も、ね」

御影は微笑む。神無の首筋に浮かんだ聖痕もまた、同じ形であった。それはまるで、二人の聖痕が合わさっているかのようだった。

「プロメテウスの光を、君に……」

御影は呪文を唱えるように囁き、神無の聖痕に触れた。

「大丈夫、刃を振るって」

迫りくる甲冑の兵士は、手にした剣を二人に目掛けて振り下ろす。

神無は御影の言葉を信じるように頷き、兵士に目掛けてサバイバルナイフを振るった。

刹那、炎の軌跡が薄闇を照らし、兵士の腕を焼き払う。

「な、なにこれ……すごくない……?」

神無のナイフは、炎をまとっていた。腕を焼き払われた兵士は、飛び散った火の粉が燃え移り、全身を炎に巻かれてくずおれる。

「炎の元素を付与したんだよ。さあ、存分に踊ってあげるんだ」

「御影君は!?」

次々と襲い掛かる兵士の剣を弾き、甲冑を焼きながら、神無は問う。そんな彼の背後に下がると、御影はこう言った。

「ここで、オスカー・ワイルドの王女サロメも顔負けの舞を見物させて貰うよ」

「ホントに、人使いが荒いね！」

神無は苦笑しつつも、御影をかばうように兵士を薙《な》ぎ払《はら》う。一体、また一体と炎に沈むものの、神無のナイフが宿している炎もまた、小さくなっていった。

「ふむ、そろそろ限界かな」

時任が目を細める。

「そっちもね」と神無は残り二体ほどになった兵士を見やる。

「残念ながら、私の魔力は尽きていなくてね。魔力がある限り、いくらでも傀儡《くぐつ》を操ることが出来る」

時任が再び指を鳴らす。すると、神無に切り伏せられた甲冑の兵士達が、カタカタと音を立てて動き出そうとするではないか。

「御影君、もっとアツいのちょうだい！」

御影の魔力の付与がなくては、ナイフ一本で金属の兵士を切り伏せることは出来ない。

しかし、御影は次の一手を打っていた。

「有り難う、時間を稼いでくれて。炎の元素も程よく減って、いいタイミングだ」

途端に、その場の空気ががらりと変わる。

地下全体が、底冷えするほどの冷気に包まれた。神無のナイフの炎はあっという間に消え、その代わりに、天井から滴り落ちた地下水による水たまりが、急速に凍っていくではないか。

「まさか、これは……」

何かを察した時任は、兵士の動きを止める。いや、兵士を動かしていた魔力を切り替えようとする。

しかし、御影が動く方が早かった。

「我が血盟により従え、冥府の支配者たるハデスの刃よ。汝らの裁きで、我が宿敵に終幕を！」

御影の詠唱と同時に、時任の足元があっという間に凍り付く。乱舞するダイヤモンドダストが宝石のように輝き、見る者の心を奪った。

「冷酷なる王に報復を！　――『氷柱牢獄《アイシクルコフィン》』！」

次の瞬間、時任の足元から無数の氷の刃が生み出された。時任が防御する間もなく、無慈悲な刃は時任を次々と貫き、串刺しにする。

「くぅ……っ！」

時任の表情が苦痛に歪む。

「こんな手を用意してたとはね。顔に似合わず、激しいんだから」と神無は笑った。

それは、安堵の笑みだった。御影もまた、彼に笑い返す。

だがそれも、束の間のことだった。

「『傲慢』の大罪を背負った貴方には、コキュートスがお似合いです」

頬に刻まれた罪の証を誇示しながら、御影は冷たく言い放った。

「フフッ。詠唱はギリシャ神話なのに、ダンテの『神曲』の話を用いる辺りが、相変わらずだな」

時任は、貫かれながらも嗤う。しかし、それは何処か安らかであった。

「良いと思ったものは吸収せよ。それが貴方の口癖だったでしょう？　それに、コキュートスは元々、ギリシャ神話の嘆きの川を指していたのです。全ては繋がってて、地獄の最下層たる第九圏に繋がれているルシフェルも、渡し守のカロンと知り合いかもしれません」

御影は、串刺しになっている時任を見つめる。その眼差しは、懐かしげですらあった。

時任は二人の様子を注意深く見つめている神無を見やると、「御影」とかつての弟子の名を呼んだ。

「はい」

「善き友を得たな」

そう言った時任の姿は、末端から徐々に黒い霧と化し、薄れていく。御影は、それが時任の転移魔法の前兆だと知っていたが、止めようとはしなかった。

「今後、貴方にそのような相手が現れることをお祈りします」

御影が時任に首を垂れると、時任の姿は霧となって消えた。それと同時に、周囲の景色も大きく揺らぐ。

御影が囚《とら》われていた『城』は、時任の力によって形成されていたため、彼と共に消滅しようとしていた。

「御影君……」

神無は、動かないでいる御影を心配するように、そっと寄り添う。すると御影は、いつもの穏やかな笑みを浮かべた。

「帰ろうか、僕達の屋敷へ」

「……ああ」

御影は手を差し伸べ、神無がその手を取る。二人の手が繋がった時、城は完全に消え去ったのであった。


御影と神無が路地裏に戻ると、同じく、『城』から帰還した東雲が待っていた。

彼女は傀儡の兵を一人で迎え撃っていたため、ライダースーツのあちらこちらが破けたり傷を作ったりして、すっかりボロボロだった。

「キザ男は無事に取り戻せたようだな」と平然とした顔で二人を迎える彼女に、「いや、君が無事じゃないし！」と神無は慌て、「何ということだ。レディをこんな目に遭わせてしまったなんて……」と御影は嘆いた。

お礼と埋め合わせをしたいという二人に、「ならば米が食いたい」と東雲が言ったため、御影は彼女を屋敷に案内することにした。


一通りの手当てが済んだ後の、食堂の風景である。

「ああ。御影様が女性を招くなんて、何年ぶりのことでしょう！」

ヤマトは落ち着かない様子で、テキパキと食事の準備をする。

「へぇ、意外。女の子をたぶらかして血を吸ってそうなほど、口が上手いのに」

神無は、御影の隣の席につきながら、意地悪な笑みを浮かべた。

「心外だね。血を貰うのは誰だっていいわけではないんだよ」

「ふぅん……？」

不貞腐れるような顔をする御影に、神無が首を傾げる。

「僕の吸血行為は、儀式的なものでもあるからね。特に、直接吸う場合は相性が良くないと相手を傷つける可能性がある」

「傷つける可能性って？」

「拒絶反応が出るのさ。そういう相手の血はひどい味に感じるし、僕の渇きも癒えない。それに、吸われる側も激痛を伴うようでね」

「へぇ、そうなんだ」

神無は、目を丸くする。

「神無君は、そういうのがないでしょう？」

「……うん、まあ」

牙を突き立てられる時は痛みを感じるが、貪られている時には痛みがなかった。

あるのはむず痒《がゆ》さと、酔《よ》い痴《し》れるような感覚と――。

「何かさ、あったかいんだよね」

「あったかい……？」

今度は、御影が首を傾げる番だった。

「そう。儀式的なものと言われてピンと来たんだけど、君に吸血されている時、君と繋がっているっていうのを強く感じるんだ。俺は魔法なんてサッパリだけど、心の奥底でそれを感じて、温かくなる」

神無は、自分の胸にそっと触れる。その繋がりの痕跡を感じているような、安らかな微笑を浮かべながら。

「これが、愛するっていう感情なら、とてもいいものだなって」

「神無君……」

御影もまた、神無に微笑みかけた。

「半身を失った僕と、愛を知りたがっていた君。欠けた部分があったからこそ、繋がり合うことが出来たのかもしれないね」

穏やかな空気が二人の間に流れる。それを見ていたヤマトは、大粒の涙をこぼしていた。

「おおおん！　御影様も神無様も、素晴らしい絆で結ばれたのですね！」

ヤマトは、神無と御影の手を前脚で引っ摑むと、無理やり握手をさせる。

「神無様。御影様はこの通り、お優しくはあるのですが、イイ性格でもあるので、なかなかお友達が出来ませんで……。これも何かのご縁。末永く、仲良くしてやって下さいませ！」

「えぇー。ご主人サマの前で本人をディスっちゃうとか……」

やば、と神無は御影の表情を窺う。しかし、御影は不思議そうな顔をしていた。

「神無君。無知を承知で聞きたいのだけれど、ディスるってどういう意味かな」

「ディスリスペクトのスラングだからね、御影おじさん」

神無は、実は十歳くらい年上だという相手にぴしゃりと言った。

対する御影は、しおらしく目を潤ませてみせる。

「おじさんだなんて、酷いじゃないか……」

「三十路《みそじ》でかわいこぶるのやめてくれる？　っていうか、見た目高校生のおじさんとか、キャラ濃過ぎでしょ……」

「高校生で成長が止まってしまったから、心は十代のままなんだよね」

「それはおじさんの台詞だし……」

あっけらかんとする御影に、神無は頭を抱える。

百歳くらいだったら、いっそのことファンタジー的な何かだと割り切れたのだが、中途半端に生々しい年齢のせいで、神無は割り切るのに時間を要していた。

「おい」

盛り上がる食堂に、東雲が現れる。その姿を見て、全員が息を呑んだ。

烏羽玉の髪の彼女は、黒いロングドレスをまとっていた。朔日《さくじつ》の夜の帳《とばり》のようなドレスの胸には、真紅の薔薇のコサージュがひっそりと添えられている。

戦士然としたライダースーツの時とは違った、淑女たる彼女がそこにいた。

「御影の言うとおりに着替えたが、これでいいのか？」

「ああ、勿論！　やっぱり似合うよ、ジャンヌ！」

御影は立ち上がり、力の限りに拍手をする。ヤマトと神無も、「おおー」と声をあげながらつられるように手を叩いた。

御影は東雲の方に歩み寄り、彼女の手を引いて席までエスコートする。

「何故、このような服を？」

「僕の手作りさ。ハンドメイドが趣味でね。レディのドレスを作るのも好きなんだけど、身近に着せられる人がいなくて」

御影は悩ましげに息を吐く。「ふむ、成程な」と東雲は納得したように頷いた。

「だが、この服はどうも動き難いな。戦闘になっては不利だ。スカートを切り裂いて、スリットを作っても構わないか？」

「やめて!?」

真顔の東雲に、御影は悲鳴をあげる。

「ははっ。まあ、どっちにしても華やかでいいんじゃない？」

やり取りを見ていた神無は、完全に傍観を決め込んでいた。しかし、御影は彼にニッコリと微笑みかける。

「神無君にも作ってあげようか。メンズサイズで」

「や、それはいらない」

神無は、断固拒否の姿勢だった。

「さて、皆さんお揃いになりましたね！」

いつの間にかキッチンへと向かっていたヤマトは、ワゴンを引いて戻ってくる。その上には、人数分のオムライスが載っていた。

「御影様お手製の、トマトケチャップオムライスで御座います」

「お、オムライス！　卵と米じゃないか！」

東雲の目が輝く。

「ファミレスでは食べ損ねてしまったからね。おかわりもあるし、存分にお食べ」

御影が微笑むと、東雲は何度もこくこくと頷く。

「神無君にも、ガパオライスをご馳走《ちそう》したかったのだけど……」

「俺はいいよ。別に、タイ料理じゃないと死ぬってわけじゃないし」

申し訳なさそうな御影に、神無は何と言うこともないように言った。

「御影君が作るものは、なんでも美味しいから」

「神無君……」

御影は、顔を綻ばせてこう続けた。

「それじゃあ今度は、変わった味付けで何処まで神無君が美味しいって言ってくれるか、試してみるね？」

「ちょいちょいサドっ気の強さを出すのやめない……？」

そういうところだぞ、と神無はげんなりした。

オムライスにスプーンを差し込むと、とろりとした卵の感触と芳しい香りが鼻腔《びこう》をくすぐる。

何人かで食卓を囲み、和気藹々《わきあいあい》と会話を楽しみながら食事をする。神無にとって稀《け》有《う》だったその環境が、今は目の前の人々によって当たり前のように齎されている。

贖罪の道は、恐らく長い。

しかし、彼らがいるのならば、最期まで義務を果たせるだろうと確信しながら、神無はぬくもりが溢れるオムライスを口に運んだのであった。

3.5

Criminal Stigmata

切り裂きジャックとカインの休日

それは日射しが暖かい日のことだった。

「今日は出掛けようかな」

食堂の大きな窓から射す陽の光を眺めながら、御影《みかげ》はぽつりと言った。

「買い物にでも行くわけ？　荷物持ちならするけど」

朝食のオムレツを切り分けて口に運びつつ、神無《かんな》がそう応じた。

「いや、用事を済ませるというよりは、君と出掛けたいな。お勧めの場所はある？」

「御影君が喜びそうなところだと、原宿？」

神無は、眼帯に黒衣の御影を眺める。

「僕のファッションで判断を……？　申し訳ないけど、基本的に既成品は買わないんだ。新作のインスピレーションは湧くかもしれないけど」

「ああ、手作りメインだもんね。ハンドメイド趣味の人向けの店って、ハンズしか知らないんだけど」

「衣装の素材を買いに行くのなら、日暮里《にっぽり》繊維街かな」

「渋っ……」

日暮里は古き良き日本の情緒が溢れる地域だったはずだ。その街を、このゴシック調の黒衣を纏《まと》った青年が練り歩く光景は、なかなかシュールだと神無は思った。

「僕の行きたい場所を当てて欲しいわけじゃないんだ。僕のことは気にしないで」

デートの時はどうしてたの、と御影は問う。神無は、記憶の糸を手繰り寄せつつ、ややあって答えた。

「雰囲気がいいバーなら幾つか知ってるけど、後は割と相手に任せちゃってたな」

「そっか。バーは昼間から開いてないだろうし、また今度教えて貰うよ」

楽しみが増えた、と御影は顔を綻ばせた。

「デートコースのド定番を挙げるなら、お台場じゃない？」

「お台場もいいね。観覧車に乗りたいし。でも、観覧車に乗るならば、夜景を見たいかな」

「御影君が、そもそも夜向きだし」

「夜向き」

御影は、小首を傾げて復唱する。

「いや、伝説の吸血鬼とは違うって言っても、ほぼ吸血鬼みたいな感じだし、日光にも弱そうっていうか」

「まあ、肌が綺麗に焼けずに赤くなるタイプだから、夏はあまり外に出たくないけど」

「それは、一部の一般人もあるあるだからね」

御影にツッコミを入れつつ、神無は思案する。

日中に二人で出掛けるのに、適した場所とは何処か。東京は観光スポットの宝庫だが、メンバーは自分と御影だ。自分はともかく、御影が喜びそうなところとはどんな場所だろう。

「……やっぱり、日暮里に行く？」

声を絞り出すように尋ねる神無に、御影は苦笑した。

「だから、僕のことを気遣ってくれなくてもいいんだよ。神無君が行きたいところを教えて。君が好きなところを、僕も知りたいし」

「そうなると、バーになっちゃうんだけど」

「そっかぁ……」

開いてないね、と御影は残念そうにしつつ、質問を切り替えた。

「神無君の家の近くに、観光スポットがあった気がする」

「ああ。水族館とプラネタリウムがあるけど」

「じゃあ、そこにしようか」

御影は嬉しそうに微笑む。

「お勧めはどちらかな」

「生憎と、どっちにも行ったことないんだよね。ただ、俺はプラネタリウムでじっとしてるのは苦手。映画も得意じゃなくて」

「受け身になるのは、肌に合わないってところかな」

「よくご存じで」

二人は顔を見合わせると、口角を吊り上げて笑う。

「それじゃあ、水族館にしよう。朝食の後、支度をしてエントランスで集合だ。久々に、誰かと出掛けるからね。楽しみだよ」

御影の心底嬉しそうな笑顔は、陽光に照らされているせいか、温もりに満ちていた。

「それは何より」と、神無もまた、穏やかな気持ちで笑い返したのであった。


屋敷を後にすると、晴天の池袋の街が二人を迎えた。

サンシャイン六〇と高速道路のジャンクションが影を落とすものの、その隙間から零れる日射しは眩しい。

神無は、その眩しさに目を細めつつ、水族館まで御影をエスコートした。

彼らの目的地であるサンシャイン水族館は、地上十階の屋上に位置している。平日のまだ早い時間だったためか、道中も入場もスムーズであった。

「実を言うと、僕はリニューアル前に来たことがあってね」

「へぇ。ペンギンの水槽の位置が変わったっていう話は、聞いていたけど」

「いや、サンシャイン国際水族館だった頃に」

御影の言葉に、神無は携帯端末を操作して検索をする。どうやら、二〇一〇年から二〇一一年にかけて大規模にリニューアルしたらしい。

「俺が小学生の頃じゃん」

「そのかなり前かな。そう、正しく僕が小学生の頃だね。君が無垢な赤子だった頃に」

「その年齢差が、生々しいんだよね……」

御影曰《いわ》く、御影は神無よりも干支一回りほど早く生まれたのだという。年下だと思った相手が、自分よりもかなり年上だと知った時の驚きを、神無は未だに消化出来ていなかった。

「年齢差なんて気にすることはないよ。君は、今まで通り接してくれればいいいさ」

「まあ、器用に対応が変えられるわけじゃないから、そうさせて貰うけどね」

「僕としては、君みたいな元気な男の子が息子だったら、素敵だなと思いながら接することがあるけど」

「対応に困ること言わない！」

神無は声を荒らげつつ、御影と共に水族館の館内へと踏み込む。

二人は、薄暗い照明が生み出す柔らかい闇に包まれた。目の前には、水と光で満たされた水槽がずらりと並んでいる。

「おや、なかなかロマンチックで素敵だね。リニューアル前は、昭和の雰囲気を拭いきれなかったのに」

「昭和の雰囲気、俺は知らないからね……」

暗に同意は出来ないと、神無は小声で言った。

しかし、御影は聞いていないのか、水槽に小走りで駆け寄って覗き込み、「ほらほら、チンアナゴだよ」と神無を手招きする。

その無邪気な様子に、神無は毒気がみるみるうちに抜けていくのを感じた。

「小学生みたいにはしゃいじゃって」

神無は保護者にでもなったような気持ちで、御影の下に歩み寄る。

「ほら、可愛いでしょう？」

水槽の底で、砂の中から顔を出してゆらゆらと揺れているチンアナゴを見て、神無は思わず顔を綻ばせる。

「ははっ。可愛いっていうか、間抜けな顔」

「愛嬌《あいきょう》があるって言ってあげようよ」と、御影は笑いながら神無を小突く。

「黒ブチのチンアナゴだけじゃなくて、黄色のやつもいるじゃん」

「それはニシキアナゴ」

「何が違うわけ？」

「色？」

二人は顔を見合わせて、小首を傾げる。

「っていうか、黄色いのがチンアナゴじゃなくてニシキアナゴだって、よく知ってたね」

御影の博識さに感心する神無であったが、御影は悪戯っぽい笑みを浮かべつつ、水槽の近くに並べられたパネルを見やった。そこには、水槽にいる生き物の名前が書いてあるではないか。

「カンペ見るのは反則だし」

「次は、神無君が知ったかぶりをしてくれてもいいよ」

「いや、そこに対抗意識は燃やさないから」

神無は思わず苦笑する。

一方、チンアナゴ達は二人のやり取りに目もくれず、水中でゆらゆらと細長い身体を揺らしていた。

「こいつら、悩みなんて無さそうでいいよね」と神無はぼやく。

「『俺もこいつらみたいになりたいな』なんて」と御影が神無の口調を真似る。

「勝手に、俺に声を当てるのやめてくれる……？」

「失敬。そんな顔をしてたから、つい」

「悩みが無いっていうのは、思考停止も同然だから、そうなりたいとは思わないな」

神無はチンアナゴ達から目を離し、次の水槽に向かう。御影もまた、肩を並べて先へ進んだ。

「ずっと思考停止してたら、君らしくないとは思うけどね。でも、休むことは大切だよ。今日くらいは、チンアナゴみたいになってもいいんじゃないかな」

「間抜け面になるなんて御免だね」と神無は肩を竦める。

「百人が間抜け面だと評したら、僕は全員に、愛嬌がある顔だと訂正させるよ」

さらりとそう言う御影に、「相変わらず、キザなんだから」と神無は呆れてみせる。

しかしその内心は、御影の気遣いに感謝をしていた。

御影は、もしかしたら息抜きをさせるために自分を外出に誘ったのかもしれない。

御影が自分よりも年上だと確信してから、気付いたことがある。彼がよく見せる慈しみの表情は、保護者のそれに近いのではないかと。

庇護《ひご》対象になるのは好ましくないと思っていた神無だが、不思議と、御影のその表情には安らぎを覚えていた。今まで感じたことがない温もりに、心の奥が満たされるのを感じていた。

(息子っていう表現、あながち、間違いでもないのかもしれないな)

御影がくれるのは、博愛だけでなく家族愛もあるのだろう。彼は半身たる双子の弟を失っているし、行き場をなくした愛情が神無に向いているのかもしれない。

それならば、その温もりに甘えるのもまた、彼に対する礼儀なのかもしれないと、神無は思った。

「ご覧」

御影は大きな水槽の前で立ち止まり、その中を指さす。

神無が覗き込むと、それは熱帯の海中のようであった。黄色や青の色鮮やかな魚が優雅に泳ぎ、その奥では大小様々な大きさのエイが水中を飛び交っていた。

「えっ、ヤバくない？」

神無は、賞賛を込めてヤバいと讃《たた》えた。携帯端末を取り出し、水槽の中があたかも海中に見える角度で撮影し、反射的にハッシュタグを添えてＳＮＳへと投稿する。

御影は、一連の仕草を不思議そうに見つめていた。神無は、「あっ、ごめん」と気まずそうに携帯端末をしまう。

「良いなと思ったもの、つい、スマホで撮って投稿しちゃうんだ」

「投稿？」

「ＳＮＳやってんの。俺の名前は、そこで使ってるやつ」

神無は携帯端末を取り出すと、御影に、画像を投稿するＳＮＳについて説明する。

御影は、ふむふむと頷きながら聞いていた。

「神無君が撮った写メをみんなに向けて公開して、それを見たみんなが反応をするわけだね。知識として何となく知っていたけれど、このサービスの利用者にちゃんと説明して貰ったのは初めてだよ」

「……もう一つ説明させて貰うと、今はカメラ機能で撮ったものを写メって言わないから」

SNSが発達していなかった頃、カメラ機能で撮った写真をメールで送っていたことから、写メという言葉が当たり前のように使われていたという。しかし今は、SNSのアプリを利用して送信することが多いので、メールに添付する行為どころか、メール機能自体あまり使われていない。

そう言えば、御影から連絡をくれる時は、メール機能をよく使うなと神無は思い出す。

一方、御影は、「良いなと思ったものを投稿、か」と神無のアカウントに投稿された画像を見つめていた。

ガラス張りになった水槽の水の青さが反射して、御影の陶器人形にも似た顔を一層青白く見せていた。伏せられた左目に白い睫毛《まつげ》がかかる様子が美しく、現実と幻想の境界を曖昧にしていた。

そんな御影を見つめている神無に向かって、御影は、不意に顔を上げた。

「僕は、撮ってくれないのかな？」

御影は悪戯っぽく微笑む。整った唇に乗せられた笑みは蠱惑的ですらあり、差し出された己の携帯端末を受け取りながら、神無は戸惑うように答えた。

「御影君のことは……、『いいね！』で測られたくないし」

「おや。それは、僕の真価は君がちゃんと知っているし、他人に評価させたくないということかな」

「皆まで言わない」

神無は御影の肩を強引に掴むと、水槽に背を向けさせる。そして、自らもまた御影の横に並ぶと、手にした携帯端末で自分達を撮影した。

「こういうのなら、幾らでも撮るけど」

神無は、わざと素っ気ない口調でそう言いながら、御影に自撮りした自分達の姿を見せる。水槽の魚達を背景にした自分達の姿に、御影はパッと表情を輝かせた。

「可愛い！　上手いね、神無君！」

「可愛いは褒め言葉なの？　まあ、いいけど……」

悪い気はしない。

そう思いながら、神無は御影に携帯端末を出すよう促し、操作を指示しつつ画像を共有する。自分の携帯端末に送られた画像に、御影は目を見張った。

「これで、僕のスマホにもさっきの写真が？」

「そう。簡単でしょ」

「すごいね。以前は、カメラにフィルムを入れて写真を撮って、現像するまで結果が分からなかったのに。焼き増しだって、現像してからようやく出来たんだ。今は簡単に共有出来て、簡単に振り返れるようになって良いね」

御影は目を細めて顔を綻ばせる。神無にとって当たり前で些細なことを、こんなにも喜ぶなんて。

「ちょっとは現代社会に慣れた方がいいんじゃないの？」

神無の口からは、素直でない言葉が飛び出してしまう。それでも御影は、「そうだね」と微笑んでいた。

その後、二人はアーチ状になったミズクラゲの水槽を潜り抜け、淡水の生き物のコーナーでは、「このウーパールーパー可愛いね」と言った御影に、「メキシコサラマンダーでしょ」と神無がツッコミを入れたり、お土産コーナーでは御影がトラフザメのぬいぐるみを気に入り、ぬいぐるみをつぶさに観察しながら脳内で型紙を想像したりしていた。

「ああ、楽しかった」

「それは何より」

屋外に出た御影と神無は、頭上にあるプールを優雅に泳ぐアシカを眺めながら、カフェで購入したソフトクリームを食べていた。

「神無君も、随分と楽しんでいたみたいで良かった」

「そんなに楽しそうだった？」

　神無の問いかけに、「うん」と御影は頷く。

「君は気づいていなかったかもしれないけれど、僕は途中から、神無君のことを見てたんだよ。君が綺麗な魚を見て目を輝かせて、二頭で泳ぐアザラシを微笑ましそうに見つめて、水槽の横の解説を律儀に眺めるところをね」

「は？　何それ、悪趣味過ぎるし……」

　神無はわざと悪態をつきながら、顔を背けてソフトクリームに齧《かじ》り付く。バニラの香りは甘く柔らかく神無の鼻腔を擽《くすぐ》り、余計に居心地が悪かった。

　アシカの水槽の前には、親子連れがいた。幼い男の子が、母親にアシカと一緒に写真を撮ってくれとせがんでいる。母親は、「はいはい、ちょっと待っててね」と笑いながら携帯端末を構えて男の子を撮っていた。

　きっとあの端末の中には、親子の思い出が沢山保存されていることだろう。普通の親子の当たり前のワンシーンが、当然のように詰め込まれているのだろう。

「神無君」

「うん？」

神無は御影の方を振り向く。すると、携帯端末のシャッター音が聞こえた。

「えっ、なに？」

御影のカメラは、神無に向けられていた。振り返りざまを、まんまと撮られたのだ。

「ふふっ、可愛く撮れた」

「不意打ちなんて、酷くない？」

苦笑する神無に、御影は何故か自らの鼻先をちょいちょいと指さす。小首を傾げる神無であったが、御影の携帯端末の画面を見せられて、ハッとした。

先ほど撮られた神無の姿が、そこに映っていた。

食べかけのソフトクリームを手に、口をぽかんと開けているという様子だけでも酷いものだと思ったが、あろうことか、御影が指し示した場所にクリームがついているではないか。

「最ッ悪なんだけど！」

「拭いてあげようか」

「要らないから！」

しっしと片手で御影を退けつつ、神無はハンカチで慌てて拭う。御影は、自らの端末に映し出された神無の姿を眺めながら、「この顔、チンアナゴみたいで可愛いよね」

などと言っていた。

「遠回しに間抜け面って言うのやめてくれる……？」

「愛嬌があるって言っているんだよ。ところで、この写真をみんなに見て欲しい時は、神無君が使っていたSNSにアカウント登録をすればいいのかな？」

「本気でやめてくれる!?　っていうか、今のやつ消して！」

神無は身を乗り出し、御影の携帯端末をもぎ取ろうとするが、御影は器用にソフトクリームを食べながら、ひょいひょいと避けてしまう。

結局、神無は屈辱的な姿を消すことは叶《かな》わず、御影がうたた寝でもしている隙に端末を奪って、こっそりと消そうと決意したのであった。


ヤマトへの土産を手にしながら、神無と御影は水族館を後にした。

サンシャインシティ内は、自分達のように観光を目的でやって来たであろう人々と、オフィスで働いているであろう人々でごった返していた。

スーツを着た人物が、ふと、神無の目の前を通り過ぎて行った。あまりスーツを着慣れていないのか、若干着心地悪そうにしながらも大股で歩くその姿に、神無は見覚えがあった。

「あっ……」

思わず声が漏れる。それは、ケイだった。

無精髭を剃《そ》り、ネクタイを締め、社会人然とした姿で、彼は脇目も振らずに目的地へと向かう。

就活だろうか。それとも、もう新しい就職先を見つけたのだろうか。

「……声を掛けなくてもいいのかい？」

立ち止まってケイの後ろ姿を眺めていた神無に、御影が問う。しかし、神無は首を横に振った。

「いいや、別に」

生き辛そうにして現実から逃れようとしていたケイは、生き辛そうなんて言っていられないと言わんばかりに真っ直ぐ歩いていた。

その先には、きっと普通と言われる何の変哲もない、しかし、真っ当な道が広がっているのだろう。

神無にはもう二度と、辿ることが出来ない道が続いていることだろう。

「帰ろうか、御影君。俺達の家に」

「そうだね」と御影は、神無の決断に敬意を払うように頷いた。

元気そうならば、それでいい。願わくは、道の先が明るくありますように。

神無は心の中でそう呟きながら、背中が遠くなってしまったケイに、背を向けたのであった。

本書のプロフィール

本書は書き下ろしです。

小学館文庫

咎人《とがびと》の刻印《こくいん》

著者　蒼月海里《あおつきかいり》

二〇二〇年四月十二日　　初版第一刷発行

発行人　飯田昌宏
発行所　株式会社　小学館
〒一〇一-八〇〇一
東京都千代田区一ツ橋二-三-一
電話　編集〇三-三二三〇-五六一六
　　　販売〇三-五二八一-三五五五
印刷所――――中央精版印刷株式会社

この文庫の詳しい内容はインターネットで24時間ご覧になれます。
小学館公式ホームページ　http://www.shogakukan.co.jp

ISBN978-4-09-406760-6

無限回廊案内人

千年

イラスト　THORES柴本

あなたの記憶のカケラ、いただきます――。
不思議な喫茶店「アクアリウム」には、
ときどき機械仕掛けの金魚を連れた美しい少女キリトが現れる。
彼女に望みを叶えてもらった客は、それと引き替えに
必ず何かを失うというのだが……。記憶鮮明オカルトファンタジー！

死神執事のカーテンコール

栗原ちひろ

イラスト　山田シロ

元俳優の猪目空我が探偵事務所を開いたのは、
格安賃料で借りた古い屋敷の一角。
屋敷の執事の正体は……最凶の死神!?
エリート死神執事とハリボテ探偵が贈る、
人生最後の“やりなおし”ファンタジー！

CHARABUN
キャラブン!
小学館文庫